k.

Ralf Günther

Goethe
in Karlsbad

Eine Erzählung

Kindler

Motto aus: Gedicht anstelle der Vorrede zur Jubiläums-
ausgabe 1824, Johann Wolfgang von Goethe: Berliner Ausgabe.
Poetische Werke, Berlin, Aufbau Verlag 1960
Sämtliche Zitate aus Briefen Christianes an Goethe:
Sigrid Damm: Christiane und Goethe. Eine Recherche.
Frankfurt/Main, Leipzig, Insel Verlag 2001.
Gedicht auf Seite 134: Den 6. Juni 1816, Wolfgang Frühwald:
Goethes Ehe. Berlin (Insel Verlag) 2016.

Originalausgabe
Veröffentlicht im Rowohlt Verlag, Hamburg, März 2022
Copyright © 2022 by Rowohlt Verlag GmbH, Hamburg
Redaktion Johanna Schwering
Covergestaltung Cordula Schmidt Design, Hamburg
Coverabbildung bpk/Kunstbibliothek, SMB / Knud Petersen
Typografie Farnschläder & Mahlstedt, Hamburg
Schrift Garamond Premier Pro
Druck und Bindung GGP Media GmbH, Pößneck, Germany
ISBN 978-3-463-00004-6

Die Rowohlt Verlage haben sich zu einer nachhaltigen
Buchproduktion verpflichtet. Gemeinsam mit unseren Part-
nern und Lieferanten setzen wir uns für eine klimaneutrale
Buchproduktion ein, die den Erwerb von Klimazertifikaten
zur Kompensation des CO_2-Ausstoßes einschließt.
www.klimaneutralerverlag.de

«Zum Bleiben ich, zum Scheiden du erkoren,
Gingst du voran – und hast nicht viel verloren.»

GOETHE im Alter (1824) an den Werther

Erster Teil

Seit einer halben Meile lag wieder Schnee auf der Passstraße. Nebel kam auf, die Luft roch feucht. Die Pferde stießen ihre Hufe ins Weiß, um Halt zu finden. Durch das schmale Kutschfenster sah Goethe hinaus. Die Bäume waren als Schemen zu erahnen. Die Postkutsche erreichte den verschneiten Kamm, der die Höhen des Fichtelgebirges von denen des Böhmerwaldes trennte. Dann fiel die Straße zur böhmischen Seite hin ab, der Kutschkasten neigte sich spürbar, und der Postillion zog die Bremse an, um das Fuhrwerk am Hinabrollen zu hindern. Da atmete der im siebenundsechzigsten Jahr stehende Staatsminister und Dichter Johann Wolfgang von Goethe freier.

Ihm war, als habe er mit dem Gebirgskamm auch die Sorgen und Nöte des – Gott sei Dank! – verflossenen Jahres 1815 überwunden. Was für eine Zeit lag hinter ihm: der Walzer-Kongress in Wien, eine rauschhafte Verteilung der napoleonischen Hinterlassenschaften, zu der sein Mäzen und Dienstherr, Seine Königliche Hoheit Carl August von Sachsen-Weimar-Eisenach, ihn unbedingt hatte pressen wollen; die Krankheit seiner Ehefrau Christiane, die ihn von ihr entfremdet und sie beide erschöpft hatte; und dann noch eine unvernünftige, heillose Liebe, die ihn in seinen hohen Lebensjahren gepackt hatte wie keine zuvor ...

All dies peinigte ihn mit der Vermutung, dass das Bergab die Richtung der Zukunft war. Die Bergan-Zeit schien allemal vergangen.

Bei Asch hatten sie böhmisches Gebiet und bald darauf die Talsohle erreicht: die des Flüsschens Eger, dem Geheimrat lieb und vertraut. Nach kurzem Halt im gleichnamigen Städtchen ging es bald wieder zum Tor hinaus, auf das Karlsbad zu. Johann August Friedrich John, Goethes Diener und Schreiber, wachte nicht einmal auf. In eine Ecke der Kutsche gekrümmt, atmete der junge Mann ruhig vor sich hin.

Das nahe Ziel versetzte Goethe in Hochstimmung. Allein das muntere Plätschern des Flüsschens, an dessen Ufer entlang es nun bis ins Bad gehen würde, belebte das geheimrätliche Gemüt. Endlich würde er schreiben! Endlich Erholung für die Seele finden und Linderung für die Schmerzen im Leibe.

Als sie nun längs der Eger hinrollten, brach die Sonne hervor. Und trotz der warmen Strahlen war der Winter in diesem Tal noch so fest verkrallt wie in jenem der Saale, das sie tags zuvor durchmessen hatten. Die rund geschliffenen Steine im Fluss waren von Eis überkrustet. Ebenso die gelben Halme des letzten Sommers, die, weil noch kein neues Grün schoss, der einzige Halt waren, den das Auge in all dem Schnee und Eis fand. Selbst an ihnen hing die glitzernde Last wie Zuckerguss. Wie solch ein gefrorener Halm hatte sich der Geheimrat bei seinem Aufbruch aus Jena gefühlt, umgeben von einem Sorgenpanzer um sein krankes Weib, seinen niemals mündig und dennoch erwachsen gewordenen Sohn, seinen Freund und durchlauchtigsten Fürsten, der ihn über die ordinären Amtsgeschäfte hinaus noch mit den Kalamitäten einer Mätressenwirtschaft belastete.

Kürzlich erst hatten die höchsten Köpfe des Staates all ihren Eifer darauf verwendet, eine Sängerin des Hoftheaters, von *Serenissimo* geschwängert, mit dem duldsamen, vierundfünfzigjährigen Knebel zu verheiraten, um dem Kind wenigstens einen Anschein von Legitimation zu verleihen. Noch im Erinnern musste Goethe den Kopf schütteln. Das Eis drang in ihn und erreichte sein Herz. Umso mehr, als er an Christiane dachte. An allen Gliedern zu zittern begonnen hatte sie mit dem Anfall des verfluchten letzten Jahres, ein Umstand, der Goethe nicht wenig irritierte, da er selbst, um mehr als zwanzig Jahre älter, seine Gliedmaßen noch vollkommen ruhig führen konnte ...

Goethe hob die Nase und sog Luft ein. Warme Böen kündigten den Wetterwechsel an. Der Wind fuhr in die Weiden und riss eben erblühte Kätzchen vom Zweig. Des nahen Zieles gewahr, ließ der Kutscher die Peitsche kreisen. Die Räder knirschten durch den Eisschlamm, die hölzernen Speichen sirrten.

Da beschloss der Geheimrat, endgültig die Sorgen abzuwerfen. Er zog sie vom Gürtel, packte sie allesamt in ein Bündel, öffnete das schmale Schiebefenster und schleuderte den Ballast geradewegs hinein in die schneebedeckten Auen.

Aufatmen.

Er stemmte das Fensterchen wieder hinauf und nahm Platz. Musterte die namenlos gebliebene Mutter, die ihm seit Eger gegenübersaß, und ihre beiden Jungen. Mit den Fäusten schoben diese die Lagen Stroh über den Kutschboden, die die Kälte mindern sollten. Bald schimmerten die Planken durch. Der Geruch von feuchten Halmen drang Goethe in die Nase. Ausgelassen hoben die Jungen Bündel auf und ließen sie auf ihre Holzpferdchen hinabrieseln. Die Mutter versicherte sich mit scheuen Blicken, ob sich Goethe nicht gestört sah, doch der lächelte nur und nickte.

John aber hielt sich weiterhin in seine Ecke geschmiegt. Der Unterkiefer war sachte aufgeklappt, hin und wieder ließ seine gewaltige Nase ein Röcheln hören.

Durch das Geräusch aufmerksam geworden, widmeten sich die übermütigen Buben dem Organ von Goethes Schreiber. Entsetzt weitete die Mutter die Augen, als sie einen der Halme dem Atemstrom entgegen in die Grotte schoben. Die Mutter wandte sich ab, schaute aus dem Fenster hinaus, während Goethe fasziniert hinsah. Hin und wieder warfen die Buben Goethen einen Blick zu, um sich seiner Absolution zu vergewissern.

Der Geheimrat hielt die Knaben nicht ab. Zwinkerte ihnen

im Gegenteil zu. Und ließ mit keiner Geste erkennen, dass es sich beim traktierten Mitreisenden um seinen Bediensteten handelte.

So ermuntert, hatten die Knaben bereits mehr als die Hälfte des Halms in Johns Nase versenkt, als der zusammenfuhr, schlaftrunken die Hand hob und sich übers Gesicht wischte. Die Augen jedoch hielt er wacker verschlossen, nieste nicht einmal.

Da wollte die Mutter endlich ihre Kinder vom Fortgang des Streiches abhalten. Zischte sie immer heftiger zurecht, ohne den fremden Mann in der Ecke aufzuwecken. Und nun hörte Goethe auch den Grund ihrer zurückhaltenden Begrüßung: Sie sprach Tschechisch mit ihren Knaben. Zum gebrochenen, durch die slawischen Zischlaute sehr weich klingenden Deutsch griff sie wohl nur im Notfall.

Als sie dem geliebten Karlsbade näher kamen – Karlovy Vary, wie Goethe den tschechischen Namen aus dem Munde der Mutter identifiziert hatte –, als die vereinzelt den Auenweg säumenden Häuschen zahlreicher wurden, da erhob sich Goethe und schob das Schiebefenster erneut hinunter.

Jede Windung vollzogen sie nun Seite an Seite mit dem redseligen Fluss. Goethe lauschte dem Begleiter und versuchte, sein sanftes Gemurmel zu entziffern.

Im Innern der Kutsche hörte er John niesen – und schimpfen. Die Knaben kicherten, die Mutter zeterte, doch Goethe ließ sich das Zwiegespräch mit dem Fluss nicht verdrießen. Wagte sogar, den Kopf bis zur Schulter durch das schmale Fensterchen zu strecken und die schütter gewordenen Haare vom Wind zausen zu lassen. Beinahe hätte er gejauchzt aus reiner Lebenslust, wie dies bisweilen in der Egerländer Volksmusik geschah.

Schon erblickte er verstreute Häuschen, klein und winklig, mit niedrigen Giebeln wie alles im Böhmischen, doch wie Stadthäuser mit Ziegeln und Zierrat versehen. Sie wurden zahlreicher, als sie sich der Stadt näherten, die am Zusammenfluss zweier Ströme lag: eines brühend heißen und eines eiskalten.

Dort, wo sich die Temperamente von Eger und Tepl vermischten, stieg Nebel auf, den ganzen Winter über, und erst im Sommer konnte niemand mehr erahnen, dass hier heiße Quellen an die Erdoberfläche traten.

Gegen die Überzeugung des Steinschneiders und Mineralienhändlers Joseph Müller verteidigte Goethe die Ansicht, dass die Verbindung verschiedener chemischer Elemente das Wasser erhitzte. *Der Steinmüller* hingegen, wie nicht nur Goethe den Freund nannte, vertrat die Überzeugung, dass die Hitze des Wassers von unterirdisch brennenden Kohleflözen herrühre. Beweisen konnte man freilich weder das eine noch das andere. Selbst Goethe nicht, der als Inspektor seines Fürsten oft den Blick ins Innere der Erde gewagt hatte: in den Bergwerken des Erzgebirges, des Thüringer Waldes und auch – interessehalber – des Böhmerwaldes. Nie kehrte er von einer Reise ohne Steine zurück.

Angesichts des nahen Zieles zog er den Kopf ein und schob das Fenster hinauf. Der Tumult im Innenraum hätte nicht größer sein können: John klagte, die Mutter hielt ihren Söhnen eine Strafpredigt und zog sie an den Ohren auf die Polster zurück. Die Knaben sandten hilfesuchende Blicke aus. Goethe zwinkerte ihnen erneut zu, und alle drei begannen zu kichern. Was wiederum John und die Mutter vollkommen ratlos machte.

Die Bohlen der Egerbrücke polterten unter den Hufen der Postpferde. Am stadtseitigen Brückenkopf waren Torhäuschen errichtet, wo der Brückenzoll erhoben wurde. Nur außerhalb der Saison durften die Kutschen diesen Weg in die Stadt mitten durchs Zentrum des Bades nehmen. Wenige Wochen später würde das Tal allein den Kurgästen aus ganz Europa vorbehalten sein, die flanierend Zeit totschlugen, während die Fuhrwerke den längeren Weg am Hang oberhalb der Tepl entlang nehmen und von der rückwärtigen, der Prager Seite her in die Stadt einfahren mussten.

Und weil sie ohnehin hielten, stiegen die Passagiere aus, um ihre Glieder zu strecken. Die böhmischen Knaben rannten gleich zur schneebedeckten Aue hin, und auch Goethe lief, freilich nicht ganz so hurtig, durch den Dunst der Tepl, der sich wie ein Vorhang durchs Tal bis hinauf in die Stadt zog.

Die Mutter rief ihre Knaben zurück, vermutlich, um sie zu einer Entschuldigung John gegenüber zu bewegen, der wie ein drittes Kind neben ihr stand. Doch die Söhne waren schon außer Hörweite. Gern wäre Goethe den Knaben gefolgt, weg von hier, weg von den Menschen, da trat die böhmische Dame schon an seinen Diener heran und formulierte in einem klaren, doch mit den liebenswerten tschechischen Vokaldehnungen versehenen Deutsch eine Entschuldigung.

In Karlsbad schienen die Nationen wie die Schichten aufgehoben. Die Gebresten egalisierten; alle, die Heilung und Erholung suchten, waren im Bad gleichermaßen willkommen. Zwischen dem Adel des Geldes und dem Adel der Geburt wurde hier kein Unterschied gemacht. Der arrivierte Bürger konnte Hof halten wie der russische Großfürst, konnte zu Bällen und Redouten laden und geladen werden. Und war es nicht eine Generaleigenschaft des böhmischen Menschenschlags, freundlich und gelassen auf alles zu schauen, was der Tag brachte? So jedenfalls hatte Goethe die Einheimischen kennengelernt, ganz gleich, ob von deutscher, österreichischer oder tschechischer Abstammung. In diesem dampfenden, brodelnden Tal vermischten nicht nur zwei Flüsse ihre Temperamente, es begegneten sich drei Nationen in ihren besten Charaktereigenschaften – und Gäste von überall her. Ein babylonisches Kauderwelsch herrschte nur beim ersten Hinhören, die Lingua franca war das europäische Hof-Französisch.

Hinter der Brücke spross das Städtchen empor, die Giebel mit geschnitzten Bordüren verziert, eine Verspieltheit, die im gestrengen Weimar nicht zu finden war. Hingestreut lagen die Häuser zwischen Hang und Flüsschen, und nur zum Markte hin, zwischen *Sprudel* und *Hirschsprung*, den wichtigsten Sehenswürdigkeiten, ballte sich so etwas wie eine Stadt. Hier waren auch – rund um die Quellen, dem Flusslauf abwärts folgend – die Kurpavillons versammelt. Flussaufwärts verlor sich das städtische Gepränge rasch wieder in Waldeinsamkeit.

Als die Formalitäten erledigt waren, rief das Horn des Postillions die Passagiere zurück. Des Kutschers Ehrgeiz war es, standesgemäß vorzufahren. Die Uniform wurde gerichtet, Stroh und Heu vom Rockaufschlag geschlagen, dann ging es hinein in die Stadt. Das Rumpeln vom Dach verriet, dass der zweite Kutscher sich bereits an den Gepäckriemen zu schaffen machte. Die Mutter begann, an den Halstüchern ihrer Söhne zu zupfen. Eine erwartungsvolle Stille herrschte, die Goethe in Gesellschaft für gewöhnlich nicht schätzte und auszufüllen strebte, die ihm aber auf Reisen willkommen war, da er so der äußeren Bewegung seines Körpers mit der inneren seiner Gedanken begegnen konnte.

Sie erreichten die Brunnen, den Markt mitsamt dem heiß aus der Erde quellenden Sprudel, die Festsäle am anderen Ende der Stadt und schließlich den Posthof mit Schuppen, Remise und Tränke. Dort wendete der Kutscher den Wagen so eng, dass Goethe die schwitzenden Rücken der Pferde mit ausgestreckter Hand hätte erreichen können.

Bedienstete zerstoben mit Ankunft des Fuhrwerks in alle Winde: um das Gepäck heranzuschaffen, um ihren reisefertigen Herren und Damen zu verkünden, dass sie sich auf den Weg machen konnten. Zugleich drängten Tagelöhner heran, die allerlei Dienstbarkeiten – vom Koffertragen bis zur Vermittlung wohlfeiler Quartiere – offerierten.

Natürlich ließ Goethe der böhmischen Dame den Vortritt. Sie wurde von einem eleganten Herrn in Zylinder und Festtagsrock empfangen, dem die Söhne gleich in die Arme stürzten. Wie sehr beneidete und bedauerte der Geheimrat diesen Mann zur gleichen Zeit.

Als Goethe über die ausgeklappten Trittbretter die Kutsche verließ, stand John schon auf wundersame Weise bereit, um das Gepäck vom Dach herunter zu empfangen.

Aus zahlreichen Lastträgern, die ihre Dienste in einem Gemisch aus Tschechisch und Deutsch anpriesen, wählte Goethe den kräftigsten. Er zählte ihm einige Münzen in die Hand und deutete auf John, der die Reisetaschen und einen großen Kofferschrank bereits um sich versammelt hatte. Flugs rief der Lastträger Gehilfen herbei und war somit zum Oberlastträger avanciert. Wie ein kleiner Triumphzug zog der Tross durch die halbe Stadt. Zu den *Drei Mohren*, Goethes bevorzugter Pension nahe dem Sprudel, ging der Weg die Tepla entlang. Vor dem gastlichen Haus der Wirtin Luzia Heilinggötter kam man zum Stillstand, und nicht lange darauf hatte sich Goethe wie gewohnt im dritten, dem Gesindestockwerk akkommodiert. Er konnte es nicht leiden, wenn ihm andere über dem Kopf herumtrampelten.

Während er John mit dem Entpacken betraute, machte er seiner Wirtin die Aufwartung. Gab Auskunft über die Dauer seines Aufenthalts und seine näheren Bedürfnisse und beauftragte sie sodann, Billetts mit seinem Namen an alle namhaften Häuser der Stadt zu verteilen, um seine Ankunft kundzutun. Die Heilinggötterin war wie üblich voll des Stadtgarns, doch Goethe wollte sich nicht einspinnen lassen und bezog sein Zimmer.

Am späteren Mittag waren die allfälligen Pflichten vollbracht, die Wirtin schickte ihren Burschen, um Goethes Aufenthalt bei der Kurdirektion zu melden, und der Geheimrat genehmigte sich, nach einem schweren böhmischen Willkommensmahl, das er mit John gemeinsam auf dem Zimmer einnahm, ein Schläfchen.

Ausgeruht und erfüllt von der ebenso vertrauten wie ertüchtigenden Atmosphäre, führte ihn der erste Weg am Nachmittag zu seinem Badearzt. Der musste ihm einen Plan aufstellen. Goethes eigene Absichten waren mehr ein Schreib- denn ein Badeplan. Doch die schmerzenden Nieren und der immer noch nicht ganz überwundene Katarrh forderten Tribut.

Er querte den Markt unterhalb des springenden Hirsches, der den Moment der mythologischen Gründung der Stadt durch den böhmischen König Karl ins steinerne Bild bannte. Bei einem Jagdausflug war ein prächtiger Zwölfender durchs Unterholz gebrochen und hatte so den Verfolgern den Weg zu den dampfenden Quellen gewiesen.

Wie um einen alten Bekannten zu begrüßen, trat Goethe dann an den Karlsbader Sprudel. Zwischen den griechischen Säulen einer Wandelhalle schoss der heiße Quell bis zu fünf Fuß hoch aus der Mitte eines Marmorbeckens, das ihn zwar umfasste, doch keineswegs bändigte. Der größte Teil des dampfenden Schwalls fiel zurück ins Becken. Dennoch war der marmorne Rand feucht und roch nach Schwefel.

Für gewöhnlich hielt der Badegast mehrere Schritte Abstand von dieser Naturlaune, die die Passanten von Fall zu Fall, wenn die Eruption allzu heftig geriet, mit übelriechendem Wasser übergoss. Allein die Badeweiber, diese Priesterinnen des Brunnens mit ihren an langen Stangen befestigten Schöpfkellen, wagten sich an diesen Nabel der Hölle heran. Denn die Sitte, den Körper in ganzer Schönheit im Quell zu versenken, war längst passé, die moderne Zeit bevorzugte die innere Anwendung, aus dem *Bad* war ein *Trank* geworden.

Auf Wunsch der Kurgäste fischten die Badeweiber einige Schlucke heraus, ohne sich die Finger zu verbrühen. Diese füllten sie dann nach und nach in die hingereichten Trinkbecher, die etwa den Inhalt zweier gewöhnlicher Kaffeetassen fassten. Im Sommer, zur Hochzeit der Badesaison, drängelten die Gäste und machten durch Rufe auf sich aufmerksam, während die Tempeldienerinnen mit stoischer Ruhe einschenkten, derweil sie mit der anderen Hand die allfälligen *Groschy* für ihren Dienst vereinnahmten.

Dann kamen die Brunnenweiber dem Andrang kaum nach. Nun aber standen sie schwatzend herum. Die Badegäste tranken aus farbenfroh gestalteten Porzellanbechern. Diese Mode hatte in den letzten Jahren einen erheblichen Aufschwung genommen. Man kaufte die Becher in den Buden auf der Wiese oder auf dem Markt. Derlei Obligationen erledigte er am liebsten sofort. Die Porzellane präsentierten Prospekte des Sprudels, des Hirschsprungs, des Neuen Posthofs oder sonstige Karlsbader Ansichten. Einige waren nur mit Blumen oder Ranken oder, was Goethe am besten gefiel, mit dem weltmännischen, goldenen Schriftzug *Souvenir de Carlsbad* verziert. Einen solchen schlichten erwarb der Geheimrat für seine Gattin.

Zu Goethes Bedauern fehlten wegen des geringen Andrangs die quirligen Kinder an Sprudel und Brunnen. Im Sommer boten sie frische Salbeiblätter zum Reinigen der Zähne feil.

Was niemals – auch im frühen Jahr nicht – fehlen durfte, waren die Schlüsselweiber. Etwas abseits der Quellen – nicht allzu weit entfernt freilich – wurden hölzerne, kastenartige Gelegenheiten bereitgehalten. Die Karlsbader Trinkkur, die manch übereifriger Gast mit zehn, fünfzehn oder zwanzig Bechern am frühen Morgen begann, brachte die Gedärme gehörig in Aufruhr. Zur Sicherheit also mietete man den Schlüssel zu einem diskreten Gelass und war im Falle einer allzu durchschlagenden Wirkung der lauwarmen bis heißen Wässer gewappnet. Goethe musste lächeln in der Erinnerung an die üblicherweise mit sehr steifem Schritt daherstolzierenden Badegäste, die die Wirkung der Quelle unterschätzt hatten. Schon in der Annäherung an das rettende Gelass zogen sie den Schlüssel, so groß war die Not. Dem peinlichsten Verdruss preisgegeben aber war der Kurgast, der die Effekte des Wassers noch gar nicht kannte und bitterlich erfuhr, dass der Weg vom Sprudel bis zu einem geeigneten Abort durch die Hölle führte – ein wahres Purgatorium!

Goethe ließ den Sprudel hinter sich und ging hinüber zur neuen

Quelle in den Marktkolonnaden. Auf dem Weg dorthin konnte man an einer Seitenwand der mit Schnitzbordüren verzierten Brunnenhalle die Liste der aktuell am Ort befindlichen Gäste studieren. Der frühen Zeit im Jahr geschuldet, waren nur wenige verzeichnet. Im Sommer wurde die Liste in mehreren Spalten nebeneinander präsentiert und nahm beinahe die ganze Fläche ein. Derzeit aber waren es nur zwei Handvoll Namen, vor allem polnischer und russischer Herkunft. Wer im Zarenreich etwas auf sich hielt, erwartete die ersten Frühlingsboten im böhmischen Bad, bevor er sich zum rasanten russischen Frühlingserwachen nach Hause begab. Manche kehrten sogar erst heim, wenn auch in Russland der Sommer eingetroffen war. Der polnische Graf Potocky war am Ort, ebenso die Fürstin Lubomirska, die überall erschien, wo sich feine Gesellschaft versammelte. Außerdem Madame Bethmann und Seine Hoheit Prinz Carl von Hessen, der immer einer der Ersten zur Karlsbader Saison war.

Endlich fand Goethe neben den üblichen auch vielversprechende Namen: Zwischen russischen Adelsrängen Frau von der Recke, eine kluge, dem Geheimrat stets willkommene Gesprächspartnerin – allerdings ohne ihren *ständigen Begleiter* Tiedge. Vor allem erfreute Goethe die Anwesenheit einer wackeren Freundin, der Gräfin Schimmelmann aus Ahrensburg. Wie die von der Recke fand man sie stets zum Plaudern und Trinken bereit. Tee zumeist, doch am späteren Abend war sie geistigen Getränken ebenso wenig abgeneigt wie geistreichen Gesprächen. Nicht gar so klug und belesen wie die vorgenannte war die Schimmelmann'sche, dafür weniger steif. Vor allem reiste sie ohne *ständigen Begleiter*. Obwohl verwitwet, verließ ihre Offenherzigkeit allerdings niemals den Rahmen der Wohlanständigkeit. Der Umgang mit der Gräfin Schimmelmann bedeutete eine vertrauliche Nähe zwischen den Geschlechtern ohne weitere Komplikation: eine unverbindliche und dennoch öffnende Freundschaft. Solche Verhältnisse liebte Goethe, denn er suchte – anders als die meisten Männer seiner Zeit – die Nähe der Frauen. Freilich, es war stets ein Spiel mit dem Feuer. Goethe kannte die Hitze, die jeden Verstand verzehren konnte. Unter den Ehemännern, die sich abseits ihrer Frauen im Rauchzimmer trafen, war sie nicht wohl gelitten.

Noch einen, ihm vollkommen unbekannten Namen hatte er auf der Liste entdeckt: Friederike Celestine Freifrau von Schwaikhofen nebst zweier Töchter. Vermutlich waren sie das erste Mal im Karlsbad, denn Goethe kam seit Jahren, ach was, seit einem vollen Jahrzehnt hierher, ohne je auf sie gestoßen zu sein oder von ihr gehört zu haben.

Die Badeliste hinter sich lassend, flanierte er an den Kolonnaden vorüber. Wenige Gäste tranken oder promenierten unter Holzgiebeln. Aus dem Boden sprudelte das warme, mineralische Wasser in die mitgebrachten Porzellane. Nach dem Genuss war man gut beraten, dem Körper Bewegung zuzuführen. Und sei es, um die Schritte in die Nähe eines der Gelasse auf der Rückseite der Kolonnaden zu lenken – wenn man sich denn schon eines Schlüssels versehen hatte.

Dr. Mitterbacher empfing ihn, kaum dass Goethe sich hatte ankündigen lassen. Die Stirn in besorgte Falten gelegt, fragte ihn der Badearzt mit dem österreichischen Einschlag nach seinen Gebresten. Und wie es ihm ergangen sei den Winter über?

Goethe antwortete, dass der ihm diesmal fürchterlich lang geworden und es weniger die Schmerzen im Gelenk waren, die ihm zusetzten, als die der inneren Organe. Vor allem die Nieren ließen ihn oft nicht schlafen. Derzeit fühle er sich zwar belebt, das aber sei ein bekannter Effekt, wenn er sich dem Bade nähere. Sicherlich erahne der Körper die wohltuende Wirkung der Kur und nehme sie vorweg.

Dr. Mitterbacher – wohl zwanzig Jahre jünger als Goethe – wog das beinah kahle Haupt, während er sinnierte. Dann verkündete er den Badeplan: Für die inneren Organe, vor allem die Nieren, sei der Sprudel zu stürmisch. Er inkommodiere die Verdauung mit seinen schwefligen Dämpfen und bringe sie in Unruhe. «Für dieses Mal», erklärte der Badearzt, «nehmen Sie nicht vom Markt, sondern vom Schlossbrunnen, dreimal täglich. Vermischen Sie, Exzellenz, einen Becher mit einer Tasse Milch, und trinken Sie das Gemisch in kleinen Portionen in kurzer Zeit hinunter. Außerdem empfehle ich heiße Leibgüsse ein über den anderen Tag und eine Diät, die auf Fleisch und scharfe Gewürze verzichtet.»

«Die Fastenzeit ist doch vorüber!», wandte Goethe empört ein, doch Dr. Mitterbacher duldete keine Widerrede. Nicht die eines Staatsministers, nicht einmal die des russischen Zaren, und so folgte in Karlsbad auch der mächtigste Herrscher dem Ratschluss der Badeärzte. Die Autorität eines Arztes kam von Gott – oder von der Heidelberger Promotionsordnung, was auf das Gleiche hinauslief.

Mitterbacher zog eine strenge Miene: «Des Weiteren empfehle ich einen Spaziergang nach jeder Mahlzeit. Die Tepl entlang, der Weg jenseits des Posthofes ist neuerdings fesch hergerichtet.»

«Ich kenne ihn», entgegnete Goethe mürrisch. Er war doch, so dachte er, zum Schreiben gekommen – und nicht zum Büßen!

Mitterbacher fuhr fort zu dozieren: «Der bei den meisten Kurgästen vortreffliche Appetit verleitet dazu, den Magen zu überladen und die Verdauung zu verderben. Hat sich dieser schlendrianische Brauch erst eingeschlichen, fällt es schwer, den Nutzen des Heilwassers wiederherzustellen. Abhilfe schafft hier eine mäßige Leibesübung im Gehen, Reiten oder in einer anderen körperlichen Betätigung nach den Mahlzeiten.»

«Das Gehen ist mir eine tägliche Leidenschaft, Doktor.» Goethes Lippen wurden schmal angesichts der Degradation vom Minister zum Patienten.

Mitterbacher erhob sich und gab damit zu erkennen, dass die Audienz beendet sei. Der Patient nahm sich vor, bei nächster Gelegenheit Dr. Kapp zu konsultieren, einen befreundeten Leipziger Arzt, der hier ebenfalls alljährlich kurte. Oder Dr. Struwe, den Erfinder der künstlichen Mineralwässer. Es wäre doch gelacht, verhülfe ihm nicht irgendwer zu einem angenehmeren Heilplan. Überhaupt hatte die starke Konkurrenz der Ärzte an diesem Ort angenehme Wirkungen: kaum eine Meinung, die nicht durch eine Gegenmeinung egalisiert werden konnte.

An der Tür versah Dr. Mitterbacher den Kurgast noch mit einer Warnung: «Nehmen Sie sich in Acht vor Hypnotiseuren und Magnetiseuren!»

Goethe nickte, wollte sich abwenden, doch Mitterbacher musste dieser Quacksalberei noch einen Fluch hinterherwerfen: «Noch ist niemand dergleichen am Ort, aber sie werden kommen, so sicher wie die sieben Plagen der Bibel.»

Da endlich fand sich Goethe entlassen.

Natürlich, sinnierte Goethe auf dem Weg zurück zur Pension der Madame Luzia, gehörte es zum üblichen Tone eines Arztes, seine Patienten auf Rezepte zu verpflichten. Doch am Ende entschied der Patient, ob er dem schweflichen Quell mehr zusprach als dem böhmischen Bier. Und so war die Kur eigentlich ein Ringen der auferlegten Regeln mit deren mehr oder minder laxer Auslegung. Diesem Dilemma begegneten die meisten Kurgäste damit, dass sie abwechselnd zur Quelle und zur Kneipe pilgerten. Mit derlei Wallfahrt vom einen Ort zum anderen war die Erholungswirkung der Kur vollständig garantiert. Niemand war entschlossener, das Leben zu genießen, als die Kranken. Durch Tanz und Gespräch war vertrautes Geplänkel jederzeit möglich, selbst zwischen russischen Großfürsten und Hamburger Kaffeeröstergattinnen. Kein Arzt konnte verschreiben, was den Gästen den größten Erfolg der Karlsbader Kur verschaffte: die Leichtigkeit angesichts des täglichen Leidens.

Bei Goethes Rückkehr bereitete John, der nach wenigen Dienstjahren in der Lage war, dem Geheimrat jeden Wunsch von den Augen abzulesen, ein Zwischenmahl in dessen Kammer zu, dem Wunsch des Herrn entsprechend, vorerst allein zu speisen. Der Diener, ebenso wortkarg wie beflissen, wartete ihm auf, und Goethe genoss es, an diesem Ort des Trubels und der Begegnungen einmal vollkommen allein zu sein. Endlich trat der innig erhoffte Effekt ein: der Wunsch, zum Manuskript zu greifen und ganz allmählich, Wort für Wort und Zeile für Zeile in die eigene Erfindung zu tauchen. Er schlang die letzten Bissen hinunter, denn es juckte ihn in den Fingern, die Feder zur Hand zu nehmen.

Da pochte es. Ein Pochen, das Goethen den Zorn ins Gesicht trieb. Aufseufzend erhob sich John, um sich nach dem Eindringling zu erkundigen. Zurück folgte ihm ein Laufbursche in Livree, der ein Billett hereintrug. Ahnungsvoll entfaltete Goethe den Zettel: Die Gräfin Schimmelmann hatte von des Dichters Anwesenheit erfahren und forderte ihn auf, ihr seine Aufwartung zu machen. Der Geheimrat warf einen sehnsüchtigen Blick auf den Umschlag mit dem Manuskript, das John schon bereitgelegt hatte. Doch dieser Dame die Bitte abschlagen bedeutete, sich schon am ersten Tag der Gunst des Publikums zu berauben. Also beendete er das Mahl, betupfte sich die Lippen mit einer Serviette und brach, ein letztes Mal an diesem Tag in den von Johns Armen aufgespannten *Surtout* schlüpfend, zur Residenz der Gräfin auf.

Die Schimmelmann empfing ihn auf der Beletage ihrer Pension *Auf der neuen Wiese*. In der Flucht der Räume schwebte ein Geruch von Lavendelpuder. Und tatsächlich, als sie erschien, leuchtete ihre Perücke in frischem Violett. Hoch getürmt trug sie die Haare, der Mode ihrer Jugend verhaftet. Huldvoll ließ sich die Gräfin die Hand küssen und bat den Geheimrat mit lasziver Geste, ihr gegenüber Platz zu nehmen.

In einer einfachen Pension höfische Pracht zu entfalten war eine Kunst. Die Schimmelmann bewies wahre Kunstfertigkeit, indem sie von daheim mitgebrachte persische Teppiche über die Sitzgelegenheiten geworfen hatte. Um das orientalische Gepränge zu unterstützen, stak eine Pfauenfeder in ihrer lavendelfarbenen Perücke, dessen Auge bei jeder Bewegung ihres Kopfes nickte. Auf ihren Wink hin schleuderte Goethe die Rockschöße nach hinten und ließ sich auf den Diwan – in den sich das fadenscheinige Sofa dank des genialischen Einfalls der Gräfin verwandelt hatte – sinken. Das Flair beflügelte Goethe, war er doch in Gedanken derzeit selbst oft im Orient, auf den Versen des persischen Dichters Hafiz dahinschwebend.

«Wie geht es Ihrer Exzellenz, der gnädigen Frau Geheimrätin?», fragte die Gräfin arglos. Sie war eine der wenigen adligen Damen, die unbekümmert über Christiane sprachen.

«Im letzten Jahr litt sie mehrere Male am Schlagfluss. Jetzt geht es etwas besser. Wir hoffen, dass die Krankheit überwunden ist», gab Goethe Auskunft über sein Eheweib.

Mit einem Händeklatschen ließ die Gräfin Gebäck und Tee auftragen. Goethe ächzte, bevor er auch nur einen Bissen zu sich genommen hatte, unter der dritten Mahlzeit seit dem Mittag. Zum Glück waren sie ohne Frühstück von Hof aufgebrochen!

Die Gräfin bemächtigte sich der Torte. Noch bevor sie ihr Stück mit einer Gabel in mundgerechte Teile hieb, fragte sie: «Warum haben Sie sie nicht mitgebracht, Exzellenz, wenn Ihre Gattin doch der Genesung bedarf?»

«Madame zieht Lauchstädt vor.» Mit verzweifelter Miene nahm der Gast ebenfalls ein Stück Torte entgegen. «Und ich bin zum Arbeiten hier, nicht zum Tanzen.»

«Wie schade! Mit Ihrer werten Gattin wird es doch immer lustig. Sie nimmt kein Blatt vor den Mund und galoppiert notfalls auch ohne Begleitung über die Tanzfläche.»

Goethe machte gute Miene zum bösen Spiel. «Ihr zum Vergnügen, mir zum Verdruss!» Er lächelte süßlich und war sich sicher, den Erwartungen der Gesprächspartnerin entsprochen zu haben.

«Zum Arbeiten sind Sie hier? Da werden Sie von einer Geschichte profitieren, die sich in den letzten Tagen am Ort zugetragen hat. Sie könnte auch Gegenstand eines Romans sein, mein Freund.»

Goethe legte den Ellenbogen auf die Lehne und machte es sich, so gut es ging, auf dem Diwan bequem. «Erzählen Sie!»

Die Pfauenfeder der Gräfin zitterte vor freudiger Erwartung. Sie stellte den Teller mit einem erheblichen Kuchenrest zur Seite – dankbar tat Goethe es ihr gleich – und beugte sich hinüber. Die rechte Hand legte sie auf seinen Ärmelaufschlag.

«Romeo und Julia haben die Karlsbader Bühne betreten! Ein echtes und wahres Liebespaar. Erfunden könnte es nicht schöner sein.»

«Wer sind die Glücklichen?» Goethes Interesse war nicht geheuchelt.

«Eher sollte man von *den Unglücklichen* reden. Denn das junge Fräulein ist versprochen, und die Eltern sind nicht bereit, den Bund zu lösen.»

«Und der junge Herr?»

«Nicht verlobt, aber bürgerlich. Sohn eines Weinhändlers. Gerade erst kehrte er von der Kavalierstour über die Alpen zurück. Henri Liebau mit Namen.»

«Den Namen hab ich schon gehört.»

«Seine Familie residiert in Erfurt, der Hauptzweig aber in Frankfurt», informierte sie ihn. «Ihre Heimatstadt, Exzellenz, vielleicht kennen Sie ihn daher?»

Erneut griff die Gräfin Schimmelmann zum Teller und neigte das Haupt. Aus schwankender Höhe blickte das Auge des Pfaues auf Goethen hinab. Schuldbewusst griff er zum Teller und fühlte sich, das Haarungetüm in bedenklicher Schieflage über sich, genötigt, eine weitere Gabel vom Kuchen zu nehmen.

«Hugenottische Einwanderer, nicht wahr?», überlegte Goethe. «Ursprünglich sollen sie *Lieubeau* geheißen haben.»

«In der Tat, Exzellenz, Sie sind wie immer bestens informiert und umfassend gebildet. Die Familie unterhält Beziehungen nach Südfrankreich, zu den exzellentesten Winzern und hervorragendsten Keltereien. Man spricht von einem Vermögen von mindestens hunderttausend Talern, bei einem jährlichen Umschlag von dreißigtausend.»

«Wer ist hier bestens informiert, werte Freundin?»

Die Gräfin lächelte geschmeichelt und neigte vorsichtig den Kopf.

Da sie weiterhin schwieg, ergänzte Goethe: «Das klingt nach einer guten Partie, vor allem für das junge Fräulein. Um wen handelt es sich denn?»

«Amalie von Schwaikhofen. Es ist ihre erste Saison im Karlsbad. Ihre Mutter, die Freifrau, pflegte bis dato in Abano zu baden. Die Familie stammt aus Böhmen. Da die Gräfin neuerdings die Gicht plagt und der Weg nach Abano zu weit ist, haben sie sich diesmal für ein hiesiges Bad entschieden.»

«Und der Skandal?»

«Obwohl es niemanden gibt, der die Verbindung gutheißt, wollen die jungen Leute partout nicht voneinander lassen. Ein Sieg der Leidenschaft über die Vernunft – wäre das nicht Ihr Thema, Exzellenz?»

«Und schon wetzen die Tugendrichter die Schwerter. Für wann ist die Hinrichtung anberaumt?»

«Einstweilen hat die Freifrau der ältesten Tochter den Ausgang versagt und sie in ihren Gemächern inhaftiert. Wenn sie sich fügt, darf sie leben. Wenn nicht ...»

«Wie barbarisch! Ein jeder darf sich im Bad amüsieren. Verheiratete mit Witwen, Witwen mit Jünglingen, Barone mit Mägden. Und ein junges, unverheiratetes Paar darf nichts?»

«Sie durften. Im Rahmen des Sittlichen. Doch dann haben sie

den Bogen überspannt.» Empörung färbte den Ton der Gräfin. «Zeigten sich auf jedem Ball und schnäbelten umher, als seien sie bereits verehelicht. Die Mutter kann nicht genug Augen auf sie haben. Am Ende steckt er ihr noch einen Bastard! Schon hat sie Karten legen lassen, um ganz sicherzugehen ...»

Die Gräfin sank mit verdrehten Augen in die Damastkissen. Das Pfauenauge schwang zurück, und Goethe lachte aus voller Brust. «In den Phantasien des Publikums führt stets der Satan Regie.»

Die Gräfin war rot angelaufen. «Lachen Sie nur. Es kann schließlich nicht jeder in aller Öffentlichkeit so lockere Sitten pflegen wie Euer Exzellenz – und mit einem dahergelaufenen Weib ein Kind zeugen.»

«Ich muss doch sehr bitten!»

«Exzellenz, mit Verlaub. So verhält es sich doch in Ihrem Verhältnis zur Vulpia, nicht wahr?» Die Gräfin hielt seinem Blick mit einer Verschlagenheit stand, die Goethe sprachlos machte.

Er stellte den Teller ab und erhob sich.

Die Schimmelmann erging sich in Entschuldigungen, blieb allerdings auf ihrem Platz. «Sie werden mir das offene Wort verzeihen. Verlassen dürfen Sie mich keinesfalls. Meine Diener haben eine Abendmahlzeit bereitet. Ich wäre tödlich gekränkt, gäben Sie mir an Ihrem ersten Abend einen Korb.»

Goethes Eingeweide krampften, als habe er zu viel vom Strudel genossen.

«Und da Sie nun schon stehen, Exzellenz, können wir auch gleich zu Tisch gehen. Die letzten Tage habe ich allein gespeist, ich brauche dringend Gesellschaft», beharrte die Gräfin.

«Zuvor versprechen Sie, meine Ehefrau nicht mehr zu beleidigen!» Goethe leckte sich den Zuckerguss von den Lippen.

«Ich werde mich darin bescheiden, Ihnen, ganz unvoreingenommen, ein möglichst lebensechtes Bild unserer böhmischen Julia und ihres sächsischen Romeos zu geben. Ein illustres Paar!»

Goethe seufzte. Er reichte ihr die Armbeuge, und sie hakte sich ein. So schritten sie zu Tisch. Und so verfloss der erste Tag im Bade, ohne dass er auch nur eine Zeile geschrieben hätte. Die Pflichten der Geselligkeit waren eine ebenso süße Last wie die Torten der Gräfin.

Das Essen war gut gewesen. Zu gut womöglich und zu schwer für die leichte Konversation im Schimmelmann'schen Hause. Nun, nachdem er sich von der Gräfin verabschiedet hatte, drückte es erwartungsgemäß auf die unteren Gefilde des geheimrätlichen Leibes.

Also entschloss sich Goethe zu vorgerückter Stunde, den Ratschlag seines Badearztes zu befolgen und eine *mäßige und langsam fortschreitende Leibesübung im Gehen, Flanieren oder anderer Bewegung des Körpers* zu unternehmen.

Dabei befleißigte sich der Geheimrat der empfohlenen regelmäßigen Bewegung der Glieder. Die Beine griffen weit aus, und die Arme verharrten nicht etwa untätig in den Rocktaschen, was den Fluss der Leibesbewegung stören würde wie ein Damm den Fluss des Wassers, sondern pendelten rechts und links des Körpers.

Auch was den Austragungsort der Übung anbelangte, folgte er dem ärztlichen Rat: Er suchte seinen Weg entlang des lieblichen Flüsschens Tepl, oder Tepla, wie die Einheimischen tschechischer Zunge sagten. Es war wohl reichlich zehn Uhr und schon dunkel. Doch die Karlsbader, wissend, was sie ihren Gästen schuldig waren, hatten den stadtseitigen Beginn des Weges mit Gaslaternen versehen. Die hoben freilich nur ein winziges Geviert aus der Dunkelheit. Bis zum Wasser konnte man schon nicht mehr schauen, und selbst von einer Laterne zur nächsten reichte kaum das Licht. Dennoch suchte Goethe seinen Weg über den beleuchteten Abschnitt hinaus, schritt auch auf dem dämmrigen Pfad wacker aus, immer vom Plätschern des Flüsschens begleitet, das ihm zur Linken lag und schmaler als die Eger war. Die einsetzende Schneeschmelze hatte den Fluss anschwellen lassen, sechs oder gar acht Fuß Tiefe mochte das Wasser messen, und gewiss war es von einer Kälte, die der der Luft kaum nachstand.

Auf eine Traglaterne, von der Gräfin mit Nachdruck ans Herz gelegt, hatte Goethe verzichtet. Er kannte den Weg. Trotz der Dunkelheit bemühte er sich um die medizinisch empfohlene muskulös-gespannte Bewegung der Glieder. Der kraftvolle, zielstrebige Ausdruck stand einem Manne selbst in Goethes Alter gut zu Gesicht, im Gegensatz zu den fließenden, durch knöchellange Kleider kaum zu erahnenden Bewegungen der Damen.

Eine Felsnase, die den Weg verengte, ließ er hinter sich und war damit vom Lärm und Trubel der Stadt abgeschnitten. Stille umgab ihn, untermalt vom Plätschern des Flusses.

Kaum wähnte er sich einsam, da gerieten Personen in sein Blickfeld, die sich als Schemen gegen den Nachthimmel abhob. Ob es zwei oder mehr waren, konnte er nicht sicher ausmachen. Erst als er sich weiter näherte, unterschied er anhand der Stimmen zwei Individuen: ein Mann und ein Weib – ein Paar offenbar. Ihre Stimmen klangen jung, sie sprachen mit unterschiedlichen Färbungen, doch beide Dialekte waren Goethe vertraut. Sie stammten aus dem Süddeutschen, der eine Tonfall dem Thüringischen nahe, das Goethe so sicher im Ohr lag wie das heimisch Hessische. Die andere, die Frauenstimme, musste wohl noch weiter im Süden zu suchen sein, im südlichen Böhmen, vielleicht gar im Tiroler Land. Das Thema des Disputs war das nächstliegende: die Liebe, von der sie offenbar unterschiedliche Vorstellungen hatten.

Als der Dichter sich näherte, minderten sie zwar die Lautstärke, ließen aber nicht vom Streit. Obwohl oder gerade weil er die Heftigkeit der Auseinandersetzung registrierte, ging Goethe wortlos vorüber; am liebsten hätte er sich gar körperlos gemacht, so peinlich berührte es ihn, Zeuge dieser Szene zu sein, wenn auch nur zufällig und für den Augenblick. Er beschleunigte seinen Schritt, sofern das noch möglich war, denn er war ja bereits straff unterwegs. Blickte geradeaus und bemühte sich, seiner Neugier nicht nachzugeben. Dementsprechend wenig sah er, hörte jedoch umso mehr: Die Frau weinte und sprach mit Leidenschaft, was ihre Tiroler Färbung noch mehr zum Vorschein brachte; der Mann besänftigend, doch von erschreckend kalter Entschlossenheit. Und noch etwas schnappte der Geheimrat im Vorbeischreiten auf: den Namen des Mannes, *Henri*, in seiner deutschen Form artikuliert, ein Name, der in der Franzosenzeit oft vergeben worden, nun aber, nach der Marginalisierung Napoleons, nicht mehr *à la mode* war. Und Goethe mutmaßte, dass es sich um jenes Paar handeln mochte, von dem eben noch, am Tische der Gräfin Schimmelmann, die Rede gewesen war ...

Die Frau – welchen Namen hatte die Schimmelmännin doch gleich genannt? – beschwor also ihren Henri mit fliegendem Atem. Doch als das junge Paar ihn, den unbekannten Flaneur, bemerkte, unterbrach es die Geständnisse und suchte im hitzigsten Affekt das Schweigen, was Goethe endgültig davon überzeugte, dass es sich um einen Streit handelte, der nicht für jedermanns Ohren bestimmt war. Also auch nicht für die seinen!

Der Dichter war noch nicht ganz vorüber, da begann das Paar bereits wieder zu rechten, im Flüsterton zwar, doch, vom Schweigen angefacht, heftiger als zuvor. Und im letzten Licht der Lampe, aus dem Augenwinkel heraus, bemerkte Goethe etwas, das ihn endgültig beunruhigte, ihn mit einem Male aus der Distanz mitten hinein in die Affäre katapultierte: Es war der Anblick einer Pistole.

Für einen Moment nur hatte der Mond den blitzblanken Lauf einer Waffe entblößt, jedoch mit einer Klarheit, die jedes Wegschauen, jede Flucht in Unwissenheit verbot.

Seinem sicheren Instinkt folgend, beschleunigte Goethe die Schritte, rannte beinahe fort im Bestreben, Abstand zu gewinnen von einem Schicksal, das nicht seines war und es um Gottes willen auch nicht werden sollte.

Er hielt erst inne, als sich der Disput des Paares nicht mehr vom Murmeln des Flusses abhob. Sein Atem flog, Goethe ordnete Gedanken. Und kam zu dem Schluss, dass er wohl eingreifen musste. Sich selbst und sein Schicksal verfluchend, obendrein das schwere böhmische Essen, das ihn in diese vertrackte Lage gebracht hatte, und natürlich den Ratschlag des Arztes. Und trotz aller Entschuldigungen, die er zur Entlastung seines Gewissens hätte anbringen können, fand er keine stichhaltige darunter – und kehrte um.

Als er das Paar zum zweiten Mal erreichte, hatte sich der Kampf in den Fluss verlagert. Die Tepla war hier noch nicht dampfend wie weiter unten in der Stadt, wo die Quellen das Wasser erhitzten. Hier war der Fluss eiskalt, und der junge Mann stand bis zu den Hüften darin. Den Hals der Frau hielt er mit der einen Hand gepackt, mit der anderen versuchte er, den Lauf der Waffe an ihre Schläfe zu pressen. Das Frauenzimmer, dem Manne körperlich unterlegen, wehrte sich tapfer. Schrie zwar nicht um Hilfe, Goethe vernahm jedoch ein Wimmern. Bei der starken, eisigen Strömung und den rund geschliffenen, glitschigen Steinen war ihre Lage hoffnungslos. Niemals würde sie sich gegen den Gegner behaupten können, zwei Köpfe größer als sie und ungleich entschlossener, worin auch immer der Grund ihres Streits liegen mochte.

Beherzt trat Goethe in die Fluten, der Gefahr vollkommen gewahr. Wie leicht konnte der junge Mann die Waffe im Affekt gegen ihn richten! Und wie sicher würde die eisige Strömung ihn nach einem Fehltritt hinforttragen! Im Dunkel wäre er niemals zu finden, geschweige denn in der Lage, sich aus eigener Kraft zu retten.

Mit dem Mut der Verzweiflung begab er sich in Lebensgefahr. Seine Gedanken waren nun glasklar, und ebenso handelte er auch: Den Moment der Überraschung nutzend, schlug Goethe dem Mann die Pistole aus der Hand. Sie landete im Fluss und war unschädlich. Die Fäuste, die sich gleich gegen ihn reckten, packte er mit festem Griff. All seiner Tätlichkeit beraubt, schrie ihn der junge Mann an. Haarsträhnen hingen ihm in die Stirn, die Miene war zum Fürchten. Das Eiswasser, das Goethe bis zur Hüfte reichte, spürte der Geheimrat schon nicht mehr. Ebenso wenig seine Glieder. Die Strömung hingegen umso drängender. Fest musste er seine Beine in den Grund stemmen, um zu bestehen. Gerade hatte er auch die Fäuste des Mannes hinuntergerungen, da sah er, wie das Frauenzimmer ihrer Kräfte bar in den Fluss zu gleiten drohte. Im letzten Moment ergriff er sie. Den Mann namens Henri überließ er seinem Schicksal, die Frau trug er ans Ufer. Bald hatte sich auch der junge Mann gerettet und war an seiner Seite – ohne Drohgebärde diesmal, stattdessen mit einem Ausdruck der Überraschung.

«Was tun Sie, Herr?», stammelte er.

«Ich verhindere ... was immer Sie vorhatten.»

Die junge Frau, auf einem Felsen zum Sitzen gekommen, schlug die Hände vors Gesicht und brach in Tränen aus.

Die Geste machte Goethe zornig. «Warum lassen Sie sich auch mit einem solchen Halunken ein?»

Entgeistert sah sie ihn an: «Ich liebte diesen Mann!»

«Du *liebtest*? Ja, liebst du mich denn nicht mehr, Amalie?» Henris Antlıtz troff, schwer zu entscheiden, ob vom Wasser der Tepla oder von Tränen. Er trat vor sie und ergriff ihre Schultern. Die junge Frau aber wich seinem Blick aus.

«Was ist mit dir?», beschwor er sie.

Goethe wischte sich eine Locke aus der Stirn. «Es fehlte nicht viel, und Sie hätten sie vom Leben zum Tode befördert, Monsieur!»

Amalie raffte ihre Stola über der Brust zusammen. Vom Scheitel bis zur Sohle nass, hob sie ihr Kinn und warf Goethe einen stolzen Blick zu: «Die Pistole saß auf meiner Stirn, weil es mein freier Wille war.»

«Ihr freier –?»

Nun ergriff der junge Mann die Hand seiner Geliebten. «Was mischen Sie sich in Affären, von denen Sie nichts wissen, Herr?»

«Sie werden wohl verzeihen! Was gibt es da zu wissen, wenn ein Mensch einen anderen mit einer Waffe bedroht?»

Henri und Amalie sahen sich an. Dann erklärte Letztere mit demselben Stolz wie zuvor: «Alles, was geschah, war einvernehmlich. Anfangs zumindest.» Amalie senkte den Blick.

«Anfangs?», fragte Henri überrascht. «Heißt das …?»

Amalie blieb stumm.

Goethe zog die Stirn kraus. Er besah sich die beiden Gestalten, die von Liebe und Tod im selben Atemzug sprachen, sah, wie das Wasser aus ihrer Kleidung troff, blickte an sich hinab und musste feststellen, dass er Pfützen auf dem Weg hinterließ. Schon meldeten sich die Gelenke schmerzhaft, die Nieren, selbstredend. Da sagte er: «Mein Quartier ist nicht weit. Begleiten Sie mich dorthin! Da können Sie sich wärmen und Ihre Kleider trocknen. Dann sehen wir weiter.»

Das Paar warf einander scheue Blicke zu. Amalie schluchzte auf. Sie war die Erste, die zustimmte. «Wo sollen wir auch hin in diesem Zustand?»

«Der Tod fragt nicht nach Anstandskleidung», erklärte Henri kategorisch.

«Ach, Henri», seufzte sie, «komm doch zur Vernunft! Ich erkenne dich ja nicht wieder.» Bedauern lag in ihrer Stimme.

Der Geheimrat wollte endlich der Kälte entkommen. Seine Glieder hatten zu zittern begonnen. «Ich biete es lediglich an, mein Herr. Es steht Ihnen frei, das Angebot auszuschlagen.»

Mit diesen Worten wandte sich Goethe zum Gehen, und die junge Frau, der das Wasser immer noch aus dem Kleid floss, schickte sich mit zitternden Lippen und schlagenden Zähnen an zu folgen. Am Ende fügte sich auch Henri. Er verzichtete darauf, die Pistole aus den Fluten zu angeln.

Als sie an der Wohnung der Wirtin vorüberschlichen, klaffte ein Türspalt. Goethe wollte unangenehmen Fragen vorgreifen. Also klopfte er an, schob die Tür auf und warf ihr eine knappe Bemerkung zu, dass er diese jungen Leute gegen Vereinbarung und Gewohnheit mit auf sein Zimmer zu nehmen gedenke.

«Wie Sie meinen, Herr Geheimrat», seufzte Madame Luzia, nicht ohne die beiden eingehend zu mustern.

Goethe winkte dem Paar, ihm zu folgen, und führte es in sein dunkles, doch wohnliches Zimmer. Auf Reisen pflegte der Geheimrat nicht annähernd den Luxus seiner Residenz am Weimarer Frauenplan, und auf Besuche war er nicht eingerichtet. Das Bett war in einen verschließbaren Alkoven in eine Nische der Wand eingelassen. Der übrige Raum bot gerade genug Platz für einen Tee- und einen Schreibtisch sowie für ein Sofa und einen Ohrensessel.

Der Geheimrat entzündete Lichter und öffnete die Ofenklappe. Die Glut war noch ausreichend, ein paar Scheite wären leicht zu entfachen. Da klopfte es, und John streckte den Kopf herein.

«Ich hörte Schritte, Exzellenz, und wollte fragen, ob meine Dienste nötig sind?»

«Lass gut sein! Ich komme zurecht.»

«Es ist Korrespondenz aus Weimar eingetroffen.»

«Nicht jetzt.» Goethes Ausdruck war schroff.

Der Diener warf einen Blick auf das Paar und die Pfützen am Boden. Dann sagte er: «Wie Sie meinen, Exzellenz», und zog die Tür von außen zu.

«Exzellenz? Sie sind ein hoher Herr!», registrierte die junge Dame.

Goethe deutete eine Verbeugung an: «Johann Wolfgang von

Goethe, wirklicher Geheimer Rat und Staatsminister Seiner Königlichen Hoheit Großherzog Carl August von Sachsen-Weimar und Eisenach.»

«*Der* Goethe?» Nun schien auch Henri zu begreifen. Er trat näher, musterte des Geheimrats Gesichtszüge und ergriff zugleich seine Hände, wie um sich seiner Lebensechtheit zu versichern. Jede Farbe war aus seinem Gesicht gewichen, er zitterte. Dann fiel er vor Goethe auf die Knie: «Verzeihen Sie meinen Zorn, Exzellenz!» Er schüttelte den Kopf. «Was für eine fatale Fügung!»

«Fatal?», fragte Goethe zurück. «Warum fatal?»

«Allerdings, fatal, denn just waren wir im Begriff, Ihrem Beispiel zu folgen!»

«Meinem Beispiel? Ich verstehe nicht ...»

«Nicht exakt *Ihrem*», stellte der junge Mann richtig. «Doch jenem Ihres *Werthers*!»

Goethe griff sich an die Stirn. «Aber nein!»

«Was gibt es Ehrenvolleres, als sein Leben für die Liebe hinzugeben! So wie es Ihr *Werther* tat. Ist dies nicht ein Zeichen des Himmels?» Henri warf Amalie einen Blick zu. Er heischte um Zustimmung, doch Amaliens Miene blieb unbestimmt.

«Ach was, Himmelszeichen!», polterte Goethe. «Es gibt keinen Grund für junge Leute, wie ihr es seid, sich vor der Zeit aus dem Leben zu stehlen.»

«Und das sagen *Sie*?» Henris Empörung schien echt.

Weil Goethe nichts zu antworten wusste, wandte er sich der jungen Frau zu. Die machte einen artigen Knicks: «Amalie Celestine von Schwaikhofen.»

Goethe nickte. «Sie sind mit Mutter und Schwester am Ort.»

«Woher wissen Sie das?»

«Weil er der große Goethe ist!», vermutete Henri. «Sein Geist durchschaut die Welt.»

«Ich habe Ihren Namen im Badeverzeichnis gelesen», erklärte Goethe.

Die junge Frau errötete.

«Henri Liebau», beeilte sich nun deren Romeo, der Höflichkeit Genüge zu tun.

Goethe sah ihm in die Augen. «Warum stehen *Sie* nicht im Badeverzeichnis? Reisen Sie inkognito?»

«Richtig.» Henri wich Goethes Blick aus. «Ich wollte Aufsehen vermeiden. Bin in der Wohnung eines Freundes untergekommen. Manch einer hätte mich gern vom Ort entfernt.»

«Mein Verlobter», fügte Amalie hinzu, «wird ihn zum Duell fordern, sobald er seiner ansichtig wird.» Dann fügte sie, den Blick niederschlagend, hinzu: «Er ist ebenso aufbrausend wie Henri.»

Goethe runzelte die Stirn. «Sie sind bereits versprochen?»

«Dem Favoriten meiner Eltern», fügte sie hinzu.

Goethe stieß seine Fäuste in die nassen Rocktaschen. «Was haben wir da für einen Schlamassel!»

«In der Tat: Nur der Tod ist die Lösung», zischte Henri.

«Der Tod ist niemals die Lösung», beharrte Goethe. «Er ist immer eine Niederlage.»

«Für den *Werther* war er die Erlösung», sagte Henri pathetisch.

Goethe musterte den jungen Mann nachdenklich. «Den Tod auf dem Papier zu finden», sagte er dann, «bedarf wenig Mut. Umso mehr jedoch, ihn im kalten Wasser zu suchen. Indem ich den Werther auf dem Papier habe sterben lassen, konnte ich selbst leben. Er starb an meiner statt. Versteht ihr das? Ich habe mein Leben gerettet – obwohl ich mich so fühlte wie ihr!»

Die jungen Leute schwiegen und zitterten. Immer noch war es nass zu ihren Füßen, obwohl der Ofen Wärme verbreitete. Ächzend ging Goethe auf die Knie. Er öffnete die Klappe und schob ein paar Scheite hinein. Dann erhob er sich schwerfällig und spürte den Stoff seiner nassen Hose. Sie klebte an den Schenkeln. «Gewähren Sie mir einen kurzen Moment des Rückzugs, damit ich meine Kleidung gegen eine für einen alten Mann bekömmlichere eintauschen kann. Es dauert nur einen Augenblick, laufen Sie nicht weg!»

Als er mit trockener Kleidung in die Stube zurückkehrte, lehnten die jungen Leute am Kachelofen. Noch einmal warf Goethe Scheite in die Brennkammer. Dann zog er den Ohrensessel heran und setzte sich so vor die beiden, dass er ihnen ins Gesicht schauen konnte.

«Und nun erklären Sie mir doch bitte einmal, warum Sie heute zwei Leben beenden wollten, die noch gar nicht richtig begonnen haben.»

«Ich liebe sie, seit wir uns vor fünf Wochen in Linz bei einem Putzmacher trafen», eiferte sich Henri. «Ich war auf der Rückreise von Italien und auf der Suche nach einem Geschenk für meine Mutter. Mein Herz schlug höher, als ich Amalien erblickte. Ich war sprachlos vor Überraschung und selig vor Glück. Seither bin ich ihr nachgereist. Wohin auch immer sie sich wandte. Ich bin in schäbigen Schenken abgestiegen und habe im Postwagen genächtigt. Nur, um ihr nahe zu sein.»

Amalie ergriff Henris Hand und drückte sie an ihre Lippen.

Henris Leid gerann zu einem Seufzer. «Ich denke zu jeder Tages- und Nachtzeit an sie, fortwährend. Sie geht mir nicht aus dem Kopf. Ich nehme ihr liebliches Antlitz überallhin mit. Wieder und wieder lese ich im *Werther*. Jeden Abend, nachdem wir uns trennen. Bis zum Morgengrauen, da ich auf ein ungewisses Wiedersehen warten muss. Ist dagegen der Tod nicht eine tröstliche Gewissheit? Nie habe ich die Gefühle, die Ihr, Exzellenz, so treffend in Eurer Erzählung schildert, besser verstanden.»

«Mir geht es ebenso mit Henri», warf Amalie ein. Dann senkte sie den Kopf und ergänzte leise: «Jedenfalls war es bis heute so.»

Sie schenkte dem Geliebten einen scheuen Seitenblick. Henri warf sich vor ihr auf die Knie. Goethe wollte wegschauen, doch dieser reine und echte Ausdruck von Liebe berührte ihn als ein Drama der Wirklichkeit. Wie einen Forschungsgegenstand besah er sich dies junge Paar, denn manches Mal hatte er selbst so unbedingt geliebt. Und ebenso sehr darunter gelitten. Nur zu gut wusste er, wie sehr dies Gefühl einen Menschen beherrschen konnte.

Der junge Mann vergrub sein Gesicht in den Falten ihres Kleides und schluchzte. Wie ein Schutzschild beugte sie sich über ihn und strich durch sein nasses Haar, dann über seinen Rücken. Und in dieser innigen Umarmung löste sich Amaliens Anspannung. Mit bebenden Lippen gestand sie ihre Liebe und fiel ebenfalls auf die Knie. Ihre Münder pflückten einander die Tränen vom Gesicht und beteuerten in einem fort, wie glücklich und erleichtert sie über ihre Rettung waren.

Goethe beobachtete die Szene stumm aus seinem Sessel heraus. Seine Gedanken schweiften ab, mussten abschweifen. In die Mühle der Willemers im vergangenen Jahr, die *Gerbermühle* nahe Frankfurt. Mit dem Blick über den Fluss hinweg auf die prächtige Vaterstadt. Und die lebendige Verlockung, dorthin zurückzukehren, ins mütterliche Haus, mit dem Gefühl der Leidenschaft im Herzen. Niemals zuvor hatte er einem Weib gestattet, in sein Dichterwerk einzugreifen, ihre Worte unter seinem Namen zu veröffentlichen. Mit knapper Not war die Vereinigung mit Marianne Willemer im Literarischen geblieben. Doch es war passé, die Kultur hatte gesiegt über die Natur. Wie auch anders, wenn er mit dem beneideten Gatten befreundet war? Es blieb: die Passion einer ungelebten Liebe. Was Goethe in diesem Moment bewusst wurde: Es war eine weitere *Werther*-Situation gewesen im vorangegangenen Jahr. Die begehrte Gattin, der Gatte als Freund. Eine Liebe, die den Freund betrügt. Zwiefacher Verrat – unmöglich! Wie hatte er gelitten und bis zuletzt keinen Ausweg gefunden. Trennung, Tod – nur allzu gut konnte er die jungen Leute verstehen.

Goethe ließ ihnen Zeit und Raum für den Austausch ihrer Gefühle, derweil ihn die eigenen bestürmten. Mit hervorbrechender

Leidenschaft hatte das junge Paar die Anwesenheit des Geheimrats vollständig vergessen. Immer inniger wurden die Küsse, stoßweise flog der Atem, Amalie streichelte Henris Wangen.

Irgendwann rief sich Goethe durch ein Räuspern wieder ins Gedächtnis. «Was hat euch zu diesem Entschluss getrieben?»

Henri und Amalie lösten ihre Umarmung und nahmen Abstand. So weit, dass sich ihre Hände gerade noch berührten. Erneut überließ die junge Frau dem Geliebten das Wort.

«Ich wusste aus Amaliens Geständnissen, dass ihr Verlobter in wenigen Tagen hier eintreffen wird.»

Errötend senkte das Mädchen den Kopf.

«Und dessen Vater», fuhr Henri fort, «wird ebenfalls hinzustoßen. Schon eilt er mit der Expresspost her, um die Hochzeit vorzubereiten ...»

Amalie schluchzte auf.

«Da hieß es zu handeln», fuhr Henri fort. «Die Wahl war nicht leicht: entweder entführen oder ...»

Das Ende des Satzes ließ er offen. Amalie entschlüpfte ein Schreckenslaut.

«Es war Amaliens Wunsch, mit mir in den Freitod zu gehen», erklärte Henri.

Amalie brach seufzend zusammen. Henri fing sie auf und brachte die Geliebte aufs Sofa. Der Geheimrat half, ihren Rücken auszupolstern, damit sie sicher saß.

«Ganz wohl ist Ihnen nun nicht mehr bei dem Gedanken, mein Fräulein?»

Goethe beobachtete sie streng. Sah, wie sie die Hände im Schoß rang; sah, wie blutleer ihre Wangen immer noch waren.

«Wie könnte mir wohl dabei sein?», sagte Amalie leise. «War es doch gegen meine Überzeugung!»

Henris Mund stand vor Staunen offen.

«Ja, doch, du hattest meine Einwilligung, Liebster. Doch gegen mein Gewissen. Und als wir da im Fluss standen und ich nicht nur die Kälte der Fluten, sondern auch deiner Entschlossenheit spürte, da ...» Sie ließ den Satz unvollendet.

Henri senkte den Kopf.

«Der Tod ist doch allzu endgültig, nicht wahr?», bemerkte Goethe.

Amalie nickte. «Der Freitod ist gegen Gottes Willen.»

«War dies der Gegenstand des Streits, dessen Zeuge ich wurde? Dass Sie Ihre feste Absicht zu sterben widerrufen wollten?»

Amalie bestätigte dies.

Goethe legte sein Kinn auf die Fingerspitzen. «Der Werther ging schließlich auch allein in den Freitod», sagte er mit einem mahnenden Blick auf Henri.

«Ist es jetzt schon einzig mein Plan gewesen?», fragte der empört in die Runde. «Lautet am Ende der Vorwurf auf Mord?»

«Versuchter Mord, höchstens», korrigierte Goethe, der studierte Jurist.

Amalie warf dem Geheimrat einen scheuen Blick zu. Dann sagte sie, ohne die Stimme zu heben: «Ich habe mich überreden lassen. Auch wegen Ihres Buches. Es steckt so viel feierliche Ehre darin. Der Liebestod erstrahlt in solcher Schönheit – man wünscht sich fast ...» Sie sprach die Worte mit weichen Lippen. Ihr Ton war schwärmerisch – bis er abbrach. Einen Moment lang lag vollkommene Stille im Raum. Dann fuhr sie fort. «Doch nun weiß ich es besser: Ich möchte nicht sterben. Ich möchte leben. Mit dir, Geliebter!»

Sie wandte sich ihm zu, und Henri ergriff ihre Hände.

«Bravo!», rief Goethe aus. «Denn nur in der Literatur ist der Tod voller Ehre und Schönheit. Im wahren Leben ist er garstig.»

«Und was sollen wir nun tun, Exzellenz, wenn wir nicht in den Tod gehen? Niemals würden Amaliens Eltern unsrer Verbindung zustimmen!»

Um seiner inneren Anspannung Luft zu machen, klatschte Goethe in die Hände. «Für intelligente Menschen in einer klugen

Zeit sollte es andere Lösungen geben. Wir fahren dampfbetrieben durchs Land, wir wissen, welche Vögel auf den Osterinseln leben und wie unsere benachbarten Sterne beschaffen sind. Sollten wir wirklich mit unserer Weisheit am Ende sein, wenn eine junge Frau sich für einen Mann entscheidet, der nicht die Zustimmung ihrer Eltern findet?»

«Niemals würden sie einwilligen, dass ich Henri heirate! Mutter vielleicht, aber Vater ...»

Goethe wurde hellwach bei ihrem Nachsatz. «Ihr Vater ist noch in Südböhmen? Die Mutter aber am Ort?»

Amalie nickte. «Er wird erst später zu uns stoßen.»

«Hm.» Goethe schritt zum Fenster. Das Glas spiegelte sein Konterfei, draußen herrschte dunkle Nacht. Er musterte sein Gesicht. Die Sorgen von bald siebzig Jahren hatten sich eingegraben, das genussreiche Leben der zweiten Hälfte hatte es aufgeschwemmt. Die Emphase der Jugend – seiner Jugend, die ihm im *Werther* immer wieder entgegentrat – verwirrte und beglückte ihn gleichermaßen.

Auf dem Absatz drehte er sich um und wandte sich an Amalie: «Ihre Mutter, wertes Fräulein, ist sie in der Lage, Besuch zu empfangen?»

Friederike Celestine, Freifrau von Schwaikhofen, war eine stolze Dame von hoch aufgeschossener Statur. Sie überragte ihre Tochter um Haupteslänge. Die faltigen, doch zarten Hände drehten und wendeten das mit einer schwungvollen Schrift versehene Billett. «Ob das *der* Goethe ist? Derselbe, der den *Faust* geschrieben hat?»

Clementine, Amaliens jüngere Schwester, saß noch am Tisch und säuberte mittels einer Zitronenhälfte ihre Hände. Das Frühstück war beendet, die Aufwärterin begann mit dem Abtragen. Die Freifrau selbst nahm auf dem Sofa Platz. Amalie, vor Aufregung nicht mehr zum Sitzen in der Lage, stand auf halbem Wege zwischen Mutter und Schwester.

«Wie viele Goethes gibt es denn?», fragte Clementine.

«Was haben wir mit dem weimarischen Geheimrat zu schaffen?», fragte die Mutter zurück. «Ist er überhaupt am Ort?»

Amalie wusste zu berichten, dass *der* Goethe auf der Gästeliste verzeichnet war. Es sei also höchstwahrscheinlich, dass es sich um ebenjenen Dichter handele. «Vielleicht gibt es eine bislang unbekannte Verbindung zwischen ihm und uns», mutmaßte sie und erntete einen strengen Blick der Mutter.

«Gott bewahre!»

Die älteste Tochter roch das Rosenparfüm der Mutter. Als Kind hatte der Duft dem Mädchen Atemnot verursacht, wenn die Freifrau es an ihren Busen drückte. Sie trat einen Schritt zurück.

«Bringen Sie ihn herein», befahl die Mutter dem gedungenen Hauslakaien, und im gleichen Atemzug ermahnte sie ihre jüngere Tochter: «Wirst du dich endlich ordentlich hinsetzen!»

«Wohin soll ich?»

«Aufs Sofa mit deiner Schwester. Ich werde den hohen Herrn stehend empfangen.» Mit diesen Worten erhob sie sich und räumte ihren Platz für Amalie.

«Warum, *Maman*?», fragte Clementine.

«Um ihm in die Augen schauen zu können.»

«Eigentlich ist er gar nicht so groß, eher klein», erklärte Amalie – und schlug sich die Hand vor den Mund.

«Was weißt denn du?», rief die Mutter. «Hast du ihn bereits getroffen?»

Amalie wandte sich ab und setzte sich schleunigst aufs Sofa. Die Schwester rückte neben sie. Die Irritation, die ungute Ahnung, war der Mutter nun anzusehen.

Der Mietdiener betrat den Raum und kündigte mit starkem Einschlag an: «Saine ährenwärte Rätlichkeit, der herzoglich sächsische Härr Gähaimrat von Göhthä.»

Beiseite weichend machte er einem mittelgroßen Herrn mit gepudertem, etwas ausgedünntem, doch das Haupt natürlich umkränzenden Haar Platz. Goethe hatte seinen blaugrauseidenen Rock gewählt, nebst einem passenden Halstuch. Der edle Kopf ruhte so auf einem taubengrauen Seidenpodest. Auf der linken Brust – und die Freifrau verzog die Miene ob der offenkundigen Provokation – prangte der Orden der Ehrenlegion. Man wusste, dass Napoleon höchstpersönlich Goethen die Medaille angeheftet hatte. Was die Angelegenheit in den Augen der Celestine von Schwaikhofen nicht besser machte. Denn Napoleon war ein Name von gestern. Dass man ihm einst eine Tochter des habsburgischen Kaiserhauses zur Frau gegeben hatte, hatte sie ihrem Herrschergeschlecht noch immer nicht verziehen.

Der Dichter war der Freifrau von zahlreichen Darstellungen bekannt, gelehrte und galante Blätter hatten sie zu Dutzenden gedruckt. Besser als Amalie war ihre Mutter in der Lage abzuschätzen, wer der Herr vor ihr wirklich war. Und als die Erkenntnis, dass ihr tatsächlich *der* Goethe gegenüberstand – dieser in ganz Europa gelesene Schriftsteller –, nicht mehr zu leugnen war, legte sie ihre Hand erschrocken aufs Brusttuch.

«Meine Verehrung, Euer Hochwohlgeboren!», rief Goethe aus, verbeugte sich und küsste der Dame des Hauses die Hand. Die Freifrau sah das silbrig gepuderte Haupt auf ihre Hand niedersinken. Niemals hätte sie sich träumen lassen, einmal den wulstigen Nacken dieses berühmten Herrn zu sehen!

Amalies Mutter war tatsächlich größer als der Dichter, und so sah sich diese für den Moment in der peinlichen Lage, auf den Großen hinabschauen zu müssen.

Endlich richtete sich Goethe wieder auf. «Sehr erfreut, Sie kennenzulernen!», sagte er und entließ ihre Hand.

«Die Freude ist ganz meinerseits, Exzellenz», beteuerte die Freifrau. Ihr spitzes Gesicht errötete erneut, ein Vorgang, den Amalie selten an ihrer Mutter beobachtet hatte. Dann wandte sie sich an ihre Töchter. «Amalie, Clementine, würdet ihr uns bitte allein lassen!»

Bedauernd verzog Amalie das Gesicht.

«Aber warum denn?», intervenierte Goethe. «Sie werden mich doch der Gegenwart Ihrer lieblichen Töchter nicht berauben! Wenigstens eine Begrüßung wird wohl gestattet sein?»

Dies konnte selbst die gestrenge Freifrau nicht abschlagen. «Begrüßen Sie, Euer Exzellenz, begrüßen Sie, bevor die beiden den Rückzug antreten!»

Goethe trat auf die Ältere zu. «Sie müssen Amalie sein. Die Vögel zwitschern sich von Ast zu Ast von Ihrer Schönheit zu, Mademoiselle.»

Die Gräfin wunderte sich, dass der Herr Geheimrat ihre Töchter zu unterscheiden wusste. Ihr Altersunterschied von knapp zwei Jahren war weder an Körpergröße noch an sittlicher Reife abzulesen. Goethe zwinkerte Amalie, als er ihre Hand nahm, zu. Die errötete ebenfalls und neigte im Hofknicks den Kopf. Dann trat Goethe auf Clementine zu und sprach sie mit freudigem Blick an: «Und hier ist nun auch die Milde in Person. Sehr erfreut, Ihre Bekanntschaft zu machen, Mademoiselle Clementine.»

Die Mutter der Annoncierten lachte gelöst: «Den Namen der Mildheit gab ich ihr nichtsahnend, dass er nur notdürftig ihre Wildheit maskiert.»

Goethe küsste auch die Hand der Jüngeren, sog einen Zitronenduft ein, den er sich nicht erklären konnte, und Clementine übte sich ebenfalls an einem Knicks, der allerdings nicht so gut gelang wie der Amaliens.

Als habe allein die Bekanntschaft mit dem Geheimrat sie verjüngt, scheuchte die Freifrau ihre Töchter wie eine Gänsemagd das Federvieh zur Tür hinaus.

Als sie draußen waren, ging die Freifrau auf Goethe zu. Demonstrativ ließ sie ihr gebauschtes Kleid schwingen. Er war wirklich sehr klein, dachte sie noch, da sie sich zu ihm hinabbeugen musste. Am Arm zog sie ihn aufs Sofa, um den Größenunterschied zu egalisieren.

«Exzellenz», hob sie schließlich an. «Nun, da wir *entre nous* sind, verraten Sie mir doch bitte, was Sie in unsere Arme treibt!»

«Verzeihen Sie mir die offenen Worte. Doch es handelt sich um eine Angelegenheit von einiger *Délicatesse*», begann Goethe.

«Nur heraus damit, Exzellenz!», gebot die Freifrau, und ihre Nase schien vor Neugier noch spitzer zu werden.

«Ich traf Ihre Tochter Amalie in einer, wie soll ich sagen, äußerst prekären Situation an. Bei meinem Abendspaziergang in der letzten Nacht.»

Die Empörung raubte der Freifrau die Sprache.

Goethe beschwichtigte mit einer Geste. «Nicht, was Sie denken! Es war vielmehr eine Lage, die die Gesundheit Ihrer ehrenwerten Tochter hätte gefährden können.»

Die Miene der Adligen gefror. «Was meinen Sie?»

Goethe seufzte mitfühlend, bevor er begann. «Ihre Tochter war im Begriffe, sich wegen einer verzweifelten Liebe in Lebensgefahr zu begeben, ja, und es dauert mich sehr, das sagen zu müssen, sich dem gewaltsamen Tod zu übereignen.»

Die Freifrau atmete schnell. Die Empörung hatte sie der Worte beraubt.

«Ihre Tochter ist hoffnungslos verliebt, Madame», erklärte Goethe nun ohne weitere Umschweife. «Und sollte es nicht die Pflicht aller Eltern sein, dem Glück ihrer Kinder den Weg zu bereiten?»

Der Oberkörper der Freifrau schwang auf Goethen hin, während der Rest auf dem Parkett verankert blieb. «Verstehe ich Sie richtig, Herr Geheimrat: Sie machen sich zum Anwalt meiner Tochter?»

«Sagen wir: zum Anwalt ihres Glückes, ja.» Goethe hob das Kinn und sah ihr in die Augen.

Die Freifrau musste mehrere Anläufe nehmen, bevor ihr die

Worte über die Lippen kamen. «Und mit welchem Recht tun Sie das?»

«Mir fiel es zu, Ihrer Tochter Leib und Leben zu retten. Und ich möchte nicht, dass sie ein zweites Mal in die Verlegenheit kommt, einen Retter zu benötigen.»

Die Gräfin schnappte nach Luft. «Meine Tochter benötigt gewiss keinen Retter. Eine Liebe benötigt sie übrigens auch nicht. Sie hat einen standesgemäßen Verlobten, der bald ihr Ehemann sein wird. Mehr bedarf es nicht im Leben einer Frau von Adel.» Sie verschränkte die Arme und erstarrte zum Bollwerk.

Goethe atmete tief. Diese Bastion war erbaut aus dem rauen, grauen Stein des Mittelalters, als Blut noch die maßgebliche Substanz war.

«Jeder Mensch bedarf des Glückes in der Liebe», sagte er. «Seien Sie froh, wenn Sie diese Erfahrung gemacht haben. Nicht jedem ist sie gewährt.»

Die Miene, die die Gräfin statt einer Antwort zog, ließ tief blicken. Ihre Worte bestätigten Goethes Annahme: «Warum sollte meiner Tochter mehr vergönnt sein als mir selbst?»

«Weil die Menschheit sonst auf der Stelle träte.»

Die hohe Stirn der Gräfin war zornrot angelaufen. Die Farbe stand in scharfem Kontrast zum weißen Saum ihrer Perücke. Deutlich zeichnete sich das Band am Haaransatz ab. Es schnürte die Haut ein.

Fluchtbereit rückte Goethe an die Vorderkante des Sofas.

«Madame», beschwor er sie, «ich entwand Ihre Tochter den Armen des Todes. Es fehlte nicht viel, und ...»

«Unter diesen Umständen», fiel die Freifrau ihm ins Wort, «wäre es klüger gewesen, Sie hätten sie ihm überlassen! Lieber ein Tod in Ehre als ein Leben in Unehre.»

Ihr Ausdruck war von unglaublicher Härte. Selbst Goethe, der Schlachtfelder und Bajonette gesehen hatte, musste schlucken.

«Madame. Es ist Ihr Kind.»

«Dummheit muss bestraft werden.»
«Ist Liebe denn Dummheit?»
«Eine Spielart davon, sicher.»
«So mag ich gern dumm sein.»
Die Freifrau schürzte die Lippen. «Ihr Lebenswandel ist hinreichend bekannt, Exzellenz. Fortwährend gibt er Anlass zu Gerede. Sie leben mit Ihrer Buhle, den Bastard aus dieser Verbindung haben Sie hinten herum legalisieren lassen. Niemals werden derartige Gepflogenheiten in meiner Familie einreißen!»

Goethes Ohren brannten vor Scham. Erst wollte er sich jeder Bemerkung enthalten – und formulierte dann doch eine Entgegnung, die seinen Zorn über die Herabsetzung nur mühsam zügelte: «Ein jeder mag für sich entscheiden, in welchem Jahrhundert er zu leben gedenkt.»

«Dass Sie mit der neuen Zeit liebäugeln, ist an Ihrer Brust abzulesen, Herr Geheimrat!»

Goethe legte die flache Hand auf den Orden Napoleons, des Usurpators und Vollenders der Französischen Revolution. «Ich bin immer noch stolz auf dieses Blech.» Für ihn stand der Orden nicht so sehr für die Leipziger Niederlage und die Wiener Schmach, sondern für die Rechte des Menschen, für eine vernünftige Gesetzgebung, die Abschaffung der Folter.

«Ich, für meinen Teil, bin froh, dass der blutige Spuk vorüber ist», entgegnete die Freifrau.

Goethe schwieg. Ihre Positionen lagen zu weit auseinander.

Die Freifrau maß ihn mit Blicken, dann ergriff sie erneut das Wort. «Aus welchen Verhältnissen stammt denn der ... der ... *Kavalier* meiner Tochter?» Indem sie das Unwort aussprach, verzog sie das Gesicht zur gequälten Grimasse.

Goethe musterte sie misstrauisch. Spielte sie ihm etwas vor? Die Schimmelmannische hatte doch behauptet, sie wisse von allem?

«Lassen Sie uns doch lieber von einem Verehrer sprechen ...», sagte er vorsichtig.

«Ich bin bekannt dafür, die Dinge beim Namen zu nennen. Aus welcher Familie ... O Herrgott!», fiel sie sich selbst ins Wort. «Gib, dass es kein Gassenjunge ist!»

«Eine ehrbare Erfurter Kaufmannsfamilie, ich lege meine Hand für sie ins Feuer. Weinhändler, sie stammen aus Frankreich ...»

«Franzosen?» Die Stimme der Freifrau überschlug sich, sie war einer Ohnmacht nahe. «Gott gebe: keine Bonapartisten!»

«Hugenotten, Madame, Vertriebene, wie es sie zu Tausenden in Deutschland gibt. Doch der Vater des jungen Mannes hat es mit Fleiß zu einem stattlichen Vermögen gebracht.»

«Schweigen Sie! Kein Wort möchte ich mehr hören! Meine Tochter einem *Bourgeois* anheimgeben, einem Anhänger der Revolution, einem Ketzer? Nie und nimmer!» Sie rief den Diener herein: «Holen Sie Amalie! Diese Angelegenheit bedarf einer Klärung, und zwar auf dem Fuße!»

«Madame, Ihre Ansichten scheinen mir nicht für das Jahr 1816 gemacht.»

«Urteilen Sie nach Belieben über meine Ansichten, Herr von Goethe, das wird nichts ändern.»

Als ihre Tochter ins Zimmer trat, stand die Freifrau von Schwaikhofen in einer Ecke und trommelte auf den Deckel des Cembalos. Bereits als Goethe eingetreten war, hatte sie die Nähe des Instruments gesucht. Sie inszenierte sich als Musenfreundin, bemerkte der Dichter.

Beim Warten hatten sie geschwiegen. Alle Worte waren gewechselt. Die Anspannung war spürbar. Amalie verzagte schon beim Eintreten. Ihr Blick suchte Halt bei Goethe. Dem der Mutter wich sie aus.

«Wie kannst du es wagen!», zischte die Freifrau.

«Was denn, Mutter?», fragte Amalie behutsam.

«Uns zu hintergehen: Vater, mich, deinen Verlobten!»

«Den Gatten, den Sie für mich erwählt haben, *Maman*, liebe ich nicht. Ich liebe Henri!» Amalie rannen die Tränen aus den Augen.

Goethe fühlte sich hilflos und wünschte sich fort.

«Ach!», die Freifrau wandte sich ab. «Die Liebe wird sich schon einstellen. Lasst euch erst einmal verheiratet sein, dann kommt das von allein.»

«So wie bei Ihnen?», fragte Amalie und bereute es im nächsten Moment.

Wieder versteinerte die Freifrau zur Festung. «Schweig still! Ich verehre deinen Vater.»

«Und sind doch froh, wenn er nicht in Ihrer Nähe ist!»

«Die edelste Form der Bewunderung ist die aus der Ferne. Die Sphären der Damen und der Herren berühren sich in den guten Häusern ohnehin kaum.»

«Entweder ich heirate den Mann, den ich liebe – oder ich sterbe.» Amaliens Miene war reine Entschlossenheit.

«Das hat *er* dir in den Kopf gesetzt.» Mit einer Kopfbewegung deutete die Freifrau auf den Geheimrat. «Was hat er sich überhaupt dreinzumehren?»

«*Seine Exzellenz, Herr von Goethe*», sagte Amalie betont würdevoll, «ist eine Autorität in Fragen der Liebe.»

Die Gräfin quittierte die Bemerkung mit einem abfälligen Schnauben. «Und das berechtigt ihn, sich in unsere Angelegenheiten einzumischen?»

«Wir haben ihn darum gebeten.»

«*Wir*? Welches *Wir* könnte das sein?»

«Henri und ...»

«Solch ein *Wir* gibt es nicht», fuhr die Freifrau ihre Tochter an. «Und ich möchte niemals – niemals! – seinen Namen mit dem deinen in einem Atemzug hören!»

«Henri und Amalie!», schrie Amalie ihr ins Gesicht.

Die Freifrau ballte die schmalen Finger zu Fäusten, hatte sich aber rasch wieder in der Gewalt. «Du wirst den jungen Mann nicht mehr sehen! Und von Herrn *von* Goethe wirst du dich ebenfalls verabschieden.»

«Mutter! Haben Sie denn gar kein Verständnis für meine Lage?»

«Das habe ich. Aber ich billige sie nicht.»

«Warum können Sie nicht denken wie Seine Exzellenz, der Geheimrat und Staatsminister!» Amalie deutete auf Goethe. Die Aufzählung seiner Ämter sollte ihn erhöhen, doch angesichts der Furie von Mutter wurde der Geheimrat immer kleiner. «Für ihn ist die Liebe das Maß der Dinge. Was kann es Schöneres für ein junges Paar geben?»

Goethe trat einen Schritt vor und räusperte sich. «Die Liebe ist das einzige Fundament, das eine dauernde Verbindung zwischen Mann und Frau begründen sollte.»

Die Gräfin spie die Worte aus: «Was für eine Moral soll das sein? Liebesschwüre vergehen doch, kaum dass sie ausgesprochen sind. Sie, Herr von Goethe, nur zum Exempel, sind verheiratet und halten sich gern ein Liebchen nebenher.»

Goethe hustete in seine Faust. «Mit Verlaub, was nehmen Sie sich heraus!»

«Und Ihre Frau billigt es sogar!», fuhr die Freifrau unumwunden fort. «Überhaupt ist Ihre Vulpia doch ganz und gar nicht standesgemäß. Bei Hofe würde man Sie gleich wieder rausschmeißen.»

«Urteilen Sie nicht über Dinge, die sich Ihrer Kenntnis entziehen», beharrte Goethe mit hochrotem Gesicht.

«Meiner Kenntnis entziehen? Ganz Europa spricht über Ihr *Hausweibchen*!»

Goethe wollte antworten, doch schon hatte sie sich wieder der Tochter zugewandt.

«Was hast du mit diesem Mann zu schaffen?»

«Er hat mir das Leben gerettet!»
«Damit du es fortwirfst?»
Amalie senkte den Kopf und schwieg.
Die Mutter sprach ihr Urteil: «Du wirst diesen Henri – verflucht sei der Name! – niemals wiedersehen. Einen Mann anbeten, der dich in den Tod treibt – dein Vater wird dir den Kopf schon geradesetzen.»
Amalie rannte hinaus.
Einen Moment lang herrschte Sprachlosigkeit zwischen Freifrau und Geheimrat.
Als Erste fasste sich die Adlige: «Ich werde den Diener bitten, Ihren Hut zu bringen.»
«Zu freundlich», sagte Goethe. «Aber falls Sie erlauben, werde ich meinem Hut auf eigenen Füßen entgegeneilen.»
Mit einer flüchtigen Geste gestattete die Freifrau dem Geheimrat, sich zu entfernen. Was der – mit ebenso flüchtigem Gruß – dankbar annahm.

Im Flur flog Amalie ihm entgegen. Immer noch hatte sie Tränen in den Augen, die Ränder waren gerötet. Goethe strebte dem Ausgang zu, verlangsamte nicht einmal seinen Schritt.
Amalie wich ihm nicht von der Seite. «Ich bitte Sie, ich flehe Sie an, lassen Sie uns nicht im Stich! Entbieten Sie Henri meine Grüße, Exzellenz!», beschwor sie ihn flüsternd.
«Das werde ich tun. Und ihm die Aussichtslosigkeit des Unterfangens schildern.»
Amalie nickte. «Richten Sie ihm aus, dass ich ihn für eine Weile nicht sehen kann. Erst muss ich mit mir und meiner Familie ins Reine kommen.»
Entgegen seinem ursprünglichen Impuls blieb Goethe stehen. «Sie beugen sich der Unbeugsamkeit Ihrer Frau Mutter?»
Verschämt blickte Amalie zu Boden und schüttelte den Kopf.

«Was ist es, wenn nicht dies?»

Amalie seufzte und erklärte mit dünner Stimme: «Er hat mir zu denken gegeben.»

«Wer hat Ihnen zu denken gegeben?»

«Henri. Er hätte mich umbringen können gestern Abend. Ich habe es in seinem Gesicht gelesen. Als wir dort im Fluss standen, war seine Miene so fremd, so überaus entschlossen ...»

«Es war finster», erinnerte sie Goethe.

«Ich sehe ihn vor mir. Ich spüre seine Griffe, ich fühle seine Wut. Er hätte mich beinahe ins Wasser geschleudert, untergetaucht, ertränkt wie eine Katze. Oder erschossen! Was immer, er hätte es übers Herz gebracht.»

«Aber – war das denn nicht der Plan? Ihrer beider Plan?»

Amalie schwieg.

«Mademoiselle?»

Amalie seufzte, bevor sie antwortete: «Doch, ja, das war es. Aber die Härte seiner Griffe, die Wut seines Ausdrucks – ich, ich ... Niemals hätte ich ihm das zugetraut, niemals! Ich sehne mich nach Zärtlichkeit, nicht nach Grobheit!»

Goethe barg Amaliens Hände in den seinen. «Er war außer sich, besessen von Ihrem gemeinsamen Ziel», versuchte er zu beschwichtigen.

Amalie sah ihm lange in die Augen. Dann riss sie sich los. «Sagen Sie ihm, ich werde ihm vorerst nicht schreiben. Erst muss ich meine Angelegenheiten in Ordnung bringen.» Amalie wollte sich umdrehen und gehen.

Goethe ergriff ihren Arm. Befremdet hielt sie seinem Blick stand.

«Mademoiselle?»

«Exzellenz?»

Goethe wusste nicht, wie er es sagen sollte. «Lassen Sie es mich so formulieren: Das, was Sie spürten, dort im Fluss – das war der Mann in ihm. Der Mann, der schlagen, schimpfen, töten kann.

Der Mann, der sich weit außerhalb der weiblichen Gefühlslagen bewegt. Der nicht wissen kann, was Sie denken, wie Sie empfinden.»

«Unmöglich! Ich meine, ihn schon immer zu kennen.»

«Die Liebe gaukelt Ihnen dies Gefühl vor. Tatsächlich kennen Sie nur den geringsten Teil von ihm. Nur den Teil, der Ihren eigenen Gefühlen am nächsten ist. Den entfernteren Teil seines Ichs werden Sie vielleicht nie kennenlernen. Aber an jenem Abend im Fluss haben Sie eine Ahnung davon bekommen.»

Amalie musterte ihn nachdenklich. «Muss ich mich davor fürchten?»

Sachte strich ihr Goethe über die Hand. Er drehte sie um und öffnete ihren Handteller. «Seien Sie froh, dass Sie ihn so gesehen haben. Es ist Teil des Mannes, den Sie lieben.»

Amaliens Blicke waren voller Fragen. «Es tut gut, mit Ihnen zu sprechen, Exzellenz!»

Zärtlich drückte Goethe ihre Hände.

Da trafen sie vom anderen Ende des Flurs Rufe wie Peitschenhiebe: «Herr von Goethe! Lassen Sie meine Tochter!»

Goethe wollte sich von ihr lösen, doch Amalie hielt seine Hand fest umklammert. «Schwören Sie mir, dass Sie für uns kämpfen werden! Lassen Sie uns nicht im Stich, Exzellenz!»

Schon nahte die Furie über den Gang. Die Absätze ihres Schuhwerks hämmerten auf die Dielen.

Goethe versuchte, Amaliens Hände mit Gewalt zu lösen. «Ich schwöre es», sagte er schließlich. Endlich entließ sie ihn, und er empfahl sich eiligst.

Der Rückweg wurde durch die nach Dr. Mitterbachers Rat mit Milch verdünnten Becher vom Schlossbrunnen unangenehm beschleunigt. Selbst in Verdünnung war diese Quelle für des Geheimrats Gedärme ungewohnt.

Überaus glücklich und ohne Zwischenfall in der Pension angekommen, war er schon beinahe im ersten Stock, als ihn die Stimme der Wirtin zurückrief. Unwillig stieg Goethe wieder hinab und fragte, in nur mühsam freundlich gehaltenem Tonfall: «Madame Luzia? Was gibt es denn?»

Die Wirtin wedelte mit einem Umschlag. «Ein Brief für Sie, Exzellenz. Aus Weimar.»

Sogleich war Goethe zu alarmiert, um noch zornig zu sein. Beinahe riss er ihn ihr aus der Hand. Dann machte er auf dem Absatz kehrt und eilte, wie ein junger Mann zwei Stufen auf einmal nehmend, hinauf in seine Kammer. Die Tür war noch nicht wieder ins Schloss gefallen, da hatte er die Verklebung bereits gelöst und den Umschlag entfaltet. Schon flogen seine Blicke die Zeilen entlang. Nein, das war nicht Christianes Schrift, es war auch nicht Christianes Unterschrift unter den Zeilen, da war überhaupt keine Unterschrift unter den Zeilen. Das alarmierte ihn so sehr, dass er das drängende Bedürfnis glattweg vergaß.

Es klopfte. Goethe rief herein, und John steckte seinen Kopf durch den Spalt. «Ich hörte Sie auf der Stiege, Exzellenz. Benötigen Sie meine Dienste?»

Goethe schob den Groll beiseite. Der Schreiber tat nur seine Pflicht. «Später, John, es gibt Post aus Weimar. Amtsangelegenheiten. Die müssen beantwortet werden.»

«Sie rufen nach mir, sobald es Ihnen recht ist?»

Goethe nickte. Er wartete ab, bis John vollständig aus der Tür getreten war und sie geschlossen hatte. Dann hob er den anonymen Brief vor seine Augen. Auch die Sehkraft hatte, wie alles, mit den Jahren abgenommen.

Je länger er den Zeilen folgte, desto mehr zitterten seine Hände. Das Blatt wurde ihm zur Last. Bis es mit dem letzten Absatz so schwer war, dass es ihm aus der Hand fallen wollte.

Werter Herr Geheimrat, Euer Wohlgeboren!

Auch auf die Gefahr hin, den Erfolg Eurer Kur zu gefährden, muss ich Euch heute von einem Umstand in Kenntnis setzen, dessen Ernst und Dringlichkeit Ihnen sofort gegenwärtig sein wird: Seit Tagen läuft hier in Weimar ein Weibsbild von Haus zu Haus und fragt nach Euch in einer Vertrautheit, als kennte es Euch. Es hat auch schon am Frauenplan vorgesprochen und tratscht mit einer Beharrlichkeit, dass die Leute das Reden anfangen: Sie sei eines jener Frauenzimmer, die Euch, Exzellenz, Äuglein machten!

Ich habe mir erlaubt, da ich mich als treuen Freund Euer Wohlgeboren zu bezeichnen die Ehre habe, eine sich bietende Gelegenheit beim Schopf zu packen, das Weibsbild beiseite zu nehmen und auf den Kopf zu zu fragen, warum es Euch denn so dringend zu sprechen wünsche.

Zuerst wollte die dreiste Mamsell nicht antworten, doch als ich ihr versicherte, dass ich ein naher Freund Euer Wohlgeboren sei, da fasste sie allmählich Vertrauen und strich sich über den Leib – schon ahnte ich das Unheil. Dann begann sie von etwas zu schwatzen, das nie und nimmer wahr sein kann, denn soweit ich in Euch meinen Freund zu kennen glaube, weiß ich, dass Ihr, Euer Wohlgeboren, in den Dingen der Liebe niemals eine solche Sorglosigkeit walten lassen würdet, hätte es sich so zugetragen, wie die junge – und im Übrigen wenig liebreizende – Dame zu behaupten sich erdreistet. Um endlich zum Punkt zu kommen: Dieses Weibsbild sprach davon, dass es ein Kindlein unter dem Herzen trage, ein unrechtes, und dass Ihr, Euer hochwohlgeborene Exzellenz, des Wechselbalgs Vater seiet.

Ich frug die schamlose Dirne, woher sie Euer Wohlgeboren kenne und wo sie Euch begegnet sein wollte, damit sich sol-

cherlei zutragen konnte, und sie antwortete mir freiheraus, dass sie aus Berka sei und Ihr sie im Haus des Badeinspektors Schütz kennengelernt habet. Das klang alles so versponnen, dass es sich nur um die Geschichte eines verwirrten und von seinem Irrtume mit krankhafter Gewissheit überzeugten Geistes handeln kann!

Und so hab ich es denn auch jedem geschildert, der mich danach frug – und die Geschichte, das könnt Ihr mir glauben, macht die Runde! –, dass es sich bei der Dirne um eine Jungfer mit verwirrtem Geist handelt. Schließlich ist sie nicht die Erste, die behauptet, ein Kind von Euer Wohlgeboren empfangen zu haben. Ich hoffe sehr, dass der Affäre damit die Spitze genommen ist und ich Euer Wohlgeboren nicht allzu sehr beunruhigt habe. Es scheint nicht, als seien die Gespinste dieses verwirrten Dinges auf fruchtbaren Boden gefallen. Niemand nimmt sie ernst. Möge sie bald weiterziehen und an andere Türen klopfen mit ihrer Mär.

In der Hoffnung, Euer Wohlgeboren einen Freundschaftsdienst erwiesen zu haben, verbleibe ich unter meiner Tarnkappe in Hochachtung –

Euer Hochwohlgeboren ewig treuer Freund

Goethe ließ den Brief sinken und stierte in den Raum. Das Schreibpult, von John längst aufgebaut, mit weißen, unbeschriebenen Bögen bewehrt, wartete darauf, in Dienst genommen zu werden. Doch – der Dichter presste seinen Handrücken an die Stirn, ohne von dem verräterischen Blatt zu lassen – es war nicht möglich. Er würde nach Weimar zurückkehren und diese missliche Angelegenheit klären müssen, bevor er sich dem Kuren und Schreiben hingeben könnte. Was, wenn das irre Weibsbild die Geschichte weiterverbreitete? Und gesetzt den Fall, es käme jemand auf die

Idee, ihr Glauben zu schenken? Seine Freundschaft zu Schütz war bekannt. Er nächtigte stets in dessen Haus, wenn er sich in Berka aufhielt. Und natürlich gab es dort Mädchen. Sie waren Schütz der Ausbildung halber anvertraut. Einige bewunderten den Geheimrat und Staatsminister, wie konnte es anders sein? Konnte denn womöglich etwas dran sein an dieser irren Geschichte? Er musste dafür sorgen, dass dies Weib aus der Stadt verschwand und die Gerüchte ein Ende hatten! Was, wenn Christiane davon erfuhr? Das galt es schleunigst zu verhindern!

Goethe ergriff eine kleinere Reisetasche und warf sie aufs Bett, bevor er die nötigsten Dinge neben ihr aufstapelte. Die große Reisetruhe mit den wichtigsten Manuskripten und den treuen John würde er als Bewacher am Ort belassen. Ein Blick auf das verwaiste Schreibpult – und sein Herz blutete.

Beinahe alles, was er für die kurze Reise benötigte, war schon in der Tasche, da klopfte es an der Tür. In Erwartung der über alle Maßen neugierigen Madame Luzia öffnete der Geheimrat. Statt derer jedoch stand der junge Henri vor ihm.

«Darf ich eintreten, Exzellenz?»

Goethe zögerte. Wollte ihm schon die Tür weisen, denn es war üblich, sich anzumelden. Doch der junge Mann drang derart forsch hinein, dass der Geheimrat ihn gewähren ließ.

Kaum war Henri über die Schwelle, da bemerkte er die Reisetasche auf dem Bett. «Exzellenz reisen ab?»

«Dringende Geschäfte ziehen mich nach Weimar.» Goethe verzog keine Miene. «Ohne diese Affären gelöst zu haben, kann ich hier nicht arbeiten.»

«Und was ist mit *unserer* Affäre? Amalie schickte mir ein Billett des Inhalts, sie möge mich vorerst nicht sehen, nicht empfangen, nicht treffen. Was soll das bedeuten?»

Goethe schwieg.

«Euer Besuch, Exzellenz, bei Amaliens Mutter! Was ist dort geschehen? Gab es irgendwelche Verwerfungen? Anschuldigungen?»

Der junge Mann stand noch immer halb in der geöffneten Tür. Am Arm zog Goethe ihn herein.

«Wollen Sie die Geschichte nicht gleich auf den Markt hinausschreien? Damit es auch ja alle wissen?»

Zerknirscht sah Henri zu Boden. Als er den Blick wieder hob, stand ihm das ganze Liebesleid ins Gesicht geschrieben. Goethe erschrak über den Anblick und war beschwichtigt.

«Haben Sie Geduld, Henri!», beschwor ihn der Geheimrat in ruhigerem Tone und übermittelte den Wunsch des Mädchens, wenngleich er doch wusste, dass sich Henri damit nicht zufriedengeben würde: «Amalie erbittet sich Bedenkzeit. Sie möchte, dass Sie ihr eine Weile nicht begegnen.»

«Wie kann das sein?» Henri strich sich verzweifelt übers Gesicht. «Ich liebe sie! Und sie liebt mich!»

«Ein paar Tage nur», sagte Goethe, «dann bin ich zurück und kann mich um euer beider Angelegenheit kümmern. Bis dahin machen Sie keine Dummheiten und verhalten sich still. Genießen Sie den Ort, lustwandeln Sie im Wald oder an der Tepl. Unternehmen Sie nichts Unbedachtes! Tun Sie nur, worum Amalie Sie bittet: Geben Sie ihr Zeit!»

«Und wenn ich Sie begleite, Exzellenz? Was soll ich hier, untätig? Ohne Amalie zu sehen, vergehe ich.»

«Mich nach Weimar begleiten?» Goethe schüttelte den Kopf. «Auf gar keinen Fall! Die Angelegenheiten dort sind kompliziert genug.»

«Wir könnten bei dieser Gelegenheit bei meinen Eltern in Erfurt vorsprechen. Auf Sie werden sie hören, Exzellenz, man kennt Ihren Ruf, Ihre Frankfurter Herkunft … Sie allein können meine Eltern davon überzeugen, diese Hochzeit zu unterstützen.»

«Hochzeit?» Goethe ließ sich zu einem Lächeln hinreißen.

«So weit sind wir noch lange nicht, mein ungestümer Freund. Erst einmal gilt es, eine Verlobung zu lösen.»

Da fiel der junge Mann vor ihm auf die Knie und ergriff seine Hand. Erschrocken zog Goethe sie zurück, doch Henri hielt sie fest. «Euer Wohlgeboren, wenn jemand meine Eltern überzeugen kann, dann Sie! Meine Mutter verehrt Sie, ich weiß es.»

Goethe schüttelte die Hand des jungen Mannes ab. «Ich habe wahrlich genug Sorgen», grummelte er und sah Henri in die Augen. «Ich werde allein fahren, Punktum. Sie, junger Mann, werden achtgeben, dass Ihrer Geliebten niemand etwas zuleide tut!»

«Aber meine Geliebte will nichts von mir wissen!»

«So beschützen Sie sie aus der Ferne. Und nun hinaus mit Ihnen, damit ich morgen frisch für die Reise bin.» Mit diesen Worten gelang es Goethe endlich, den armen Romeo aus der Kammer zu komplimentieren.

Am nächsten Morgen stand der weimarische Staatsminister dort, wo er zwei Tage zuvor eingetroffen war: am Karlsbader Posthof. Die Tasche war leicht, seine Gedanken aber umso schwerer. Und wie unterschiedlich die Stimmungen: vor zwei Tagen voller Vorfreude auf die Phase der Ruhe, auf die Umgebung, die ihm das Arbeiten ermöglichen würde. Nun kehrte er nach Weimar zurück, an den Quell seiner Sorgen, belastet um eine weitere. Niemand wusste, was genau ihn dort erwartete.

John war in die Postwirtschaft getreten, um sich mit heißem Tee aufzuwärmen, nachdem er seinem Herrn die Tasche getragen hatte. Da trat eine zweite Gestalt aus dem Morgennebel.

«Henri!», entfuhr es Goethe.

Zum Gruß tippte der junge Mann lediglich mit dem Finger an seinen Hut. Kein Hochwohlgeboren, keine Exzellenz. Blickte Goethen nur aus blassem Gesicht entgegen. «Ich werde Sie nach Weimar begleiten. Und von dort aus zu meiner Familie nach Erfurt weiterreisen. Amalie wünscht Abstand. Ich gebe ihr Abstand. Sie können mich nicht aus der Postkutsche verbannen.»

Goethe verschränkte die Arme. Er hatte die Reisetasche bemerkt, die der junge Mann in seiner Linken trug. Auch dessen Entschlossenheit war nicht zu übersehen. «Dagegen kann ich tatsächlich nichts haben», lenkte der Geheimrat ein. Insgeheim bereute er, dass er nicht in seiner eigenen *Diligence* gereist war. Um wie vieles ruhiger wäre diese Reise verlaufen?

«Ich werde meine Eltern über alles informieren», sagte Henri. «Und um die Genehmigung bitten, um Amaliens Hand anzuhalten.»

Goethe nickte schweren Hauptes.

Henri deutete auf die Reisetasche, die neben Goethe auf dem Pflaster stand. «Euer Hochwohlgeboren reisen mit leichtem Gepäck?»

Der Geheimrat sog Winterluft ein. «Ich beabsichtige, so bald als möglich zurückzukehren. Ich werde in Weimar nur meine dringendsten Affären in Ordnung bringen.»

Aus dem Dunst heraus näherte sich John. Sein Gang war wankend. Vermutlich war aus dem Tee ein Grog geworden. Unbestimmt deutete er in den Nebel. «Die Kutsche!»

Der Nebel schien nicht nur das Licht, sondern auch die Geräusche zu dämpfen. Erst im letzten Moment hörte man Hufe auf das Pflaster schlagen, Räder knirschen. Der Aufbau war nicht besonders hoch, es war nur wenig Gepäck verladen. Das Fuhrwerk kam aus Prag. Von dieser Richtung war zu jener Jahreszeit wenig Bedarf ins Karlsbad. Die Gäste im Inneren konnte man an einer Hand abzählen. Und alle verließen das Gefährt, als es im Posthof zum Stehen gekommen war.

Goethe bückte sich, um die Reisetasche aufzunehmen. John kam ihm zuvor und wollte sie dem Postillion in die Arme reichen. Doch Goethe hinderte ihn daran. Er wollte die Tasche bei sich behalten, denn der weimarische Brief lag darin.

Mit einer Verbeugung ließ Henri Goethen den Vortritt, den dieser sich längst genommen hatte.

Sie blieben zu zweit. An diesem frühen Aprilmorgen, an dem Kälte und Feuchtigkeit durch alle Ritzen der Kutsche drangen, wollte niemand sonst von Karlsbad nach Eger und weiter ins Königreich Bayern reisen. Die *Extrapost* hielt nur an den wichtigsten Wegmarken und würde sie über Eger, das die Tschechen *Cheb* nannten, Hof und Kahla nach Weimar bringen.

Der junge Mann saß dem alten gegenüber und wollte eine Unterhaltung anstrengen, doch Goethes Miene war abweisend. Also öffnete Henri seine Tasche. Das Aufklappen der Scharniere weckte Goethes Neugier. Henri zog ein Buch heraus – Goethe stöhnte auf.

Henri lächelte und hielt den Einband so, dass Goethe ihn sehen konnte. Doch der hatte auf den ersten Blick erkannt: Es war der *Werther*.

«Wie kommen Sie zu diesem Buch?»

«Amalie hat es mir noch in der Nacht geschickt. Als Reiselektüre. Mein eigenes Exemplar steht in Erfurt, in der Bibliothek meiner Mutter.»

Henri schlug es auf.

Goethe fluchte innerlich. Sicherlich würde der Jungspund ihn noch in ein Gespräch über den Roman verwickeln wollen. Er versuchte, seine Gedanken um den fatalen Brief kreisen zu lassen und um dessen Autor, der offenbar anonym bleiben wollte. Und tatsächlich, wie durch ein Wunder verstummte Henri angesichts des Widerwillens, der aus des Dichters Mimik sprach.

Wer konnte dieses Schreiben verfasst haben? Gesicht für Gesicht ließ er vor seinem inneren Auge die Verdächtigen Revue passieren: Durchaus in Frage kam Johann Heinrich Meyer, Christianes gelehrter Schweizer Hausfreund ohne Dienstverhältnis. Meyer lebte im Weimarer Haushalt und hatte zu Hausherr und Hausherrin ein gleichermaßen inniges Verhältnis. Der Ton des Briefes, der angeschlagen wurde, sprach allerdings gegen ihn: zu einfach für diesen gebildeten Mann, der sich stets eines gehobenen Registers befleißigte.

Gleiches galt für Kanzler von Müller, Goethes engsten Partner in allen Regierungsangelegenheiten, auf dessen unbedingte Loyalität er zählen konnte. Müller hatte seine Zuträger überall – in Weimar wie im ganzen Großherzogtum. Er musste als bestinformierter Mann des kleinen Staates gelten, noch vor dem Fürsten selbst. Müller aber verkehrte nicht unter der Hand mit Goethe. Jener hätte ihn ganz offiziell in Kenntnis gesetzt, regierungsamtlich, mit Staatssiegel, und nicht als Privatsache – schon gar nicht in vertraulichem Tonfall.

Der passte eher zu Friedrich Wilhelm Riemer, welcher zweifellos als Goethes *treuer Freund* gelten konnte. Vor Zeiten war er der Lehrer seines Sohnes und Hausgenosse am Frauenplan gewesen, nun der Gatte von Christianes bester Freundin Caroline. Als Ehepaar hatten sie keine engeren und treueren Bekannten.

Doch Riemer hätte in dieser delikaten Angelegenheit nicht das Medium des Briefes gewählt. Zu unsicher die Ankunft, zu groß die Furcht vor einer Verzögerung oder gar einem falschen Adressaten. Auf Riemern war Verlass, er hätte im Falle einer so wichtigen Nachricht ein Pferd bestiegen und wäre gleich zu Goethe geeilt.

War der sich selbst so bezeichnende *treue Freund* womöglich Christian Gottlob Voigt, der Goethe in der fürstlichen Regierung in der Stellung eines Hofrats zugeordnet war und ihm schon in den allerpeinlichsten Affären zur Seite gestanden hatte? So etwa im Falle der Legitimierung seines unehelich geborenen Sohnes August oder des blitzartigen Arrangements seiner Ehe mit Christiane – beides Angelegenheiten, die höchste Diskretion erforderten. Gemeinsam mit Voigt besorgte Goethe das Ilmenauer Bergwerk wie auch die Badeaufsicht in Berka. Wenn Goethe angesichts seiner unzähligen Pflichten abkömmlich war, sprang Voigt ihm zur Seite.

Oder war es – und das war ein Gedanke, der Goethe elektrisierte – Carl August selbst, der Großherzog und *treue Freund* seit Jahrzehnten? Vertraut war der Tonfall zwischen ihnen seit jeher, *Serenissimus* duzte ihn bisweilen! Und teilten Goethe und sein dienstherrlicher Mäzen nicht sämtliche Geheimnisse – bis hin zu den *secrets d'amour*?

Dessen ungelenke Diktion allerdings kannte Goethe nur zu gut, den ebenso freundschaftlichen wie herablassenden Stil seines Herrschers hätte er umgehend identifiziert.

Goethe streifte Henri mit einem prüfenden Blick. Er war versucht, den denunziatorischen Brief aus der Tasche zu ziehen und genauer zu untersuchen. Doch musste er dann auf mehr oder weniger unangenehme Fragen gefasst sein. Es hatte den Anschein, als fielen dem Burschen von Zeit zu Zeit die Augen zu. Die Morgenstunde und die unablässige Bewegung der Kutsche taten ihre Wirkung. Eine andere Erklärung – etwa, dass der Text ihn ermüde – war undenkbar. Also war es am sichersten, zu warten, bis der junge Kerl dem Geschaukel der Kutsche erlegen war.

Nochmals rief Goethe sich den Tonfall des Briefes ins Gedächtnis: Keiner der bisher Genannten wollte so recht in Frage kommen. Überhaupt, so schien Goethe bei näherem Nachdenken, wollte der Stil gar nicht zu einem Manne passen.

Also verfiel er auf die Frauenzimmer: Caroline Ulrich, jetzige Madame Riemer, langjährige Hausfreundin und Sekretärin Christianes, schließlich gar die Ehefrau besagten ehemaligen Goethe'schen Hauslehrers. Uli aber war Christiane noch freundschaftlicher verbunden als ihm selbst und hätte den skandalösen Umstand sicher weitaus empörter vorgetragen.

Dasselbe galt auch für Caroline Jagemann, nachmalige Frau von Heygendorff, die Mätresse des Großherzogs und Jugendfreundin Christianes. Sie waren in derselben Weimarer Gasse groß geworden. Nein, Goethe schüttelte den Kopf, keine von beiden hätte diese Warnung voller Zuneigung und Diskretion vorgebracht. Schriller und eindringlicher wären ihnen die Formulierungen von der Hand gegangen.

Hatte sich hier jemand so wirkungsvoll maskiert, dass Goethe das Gesicht hinter der Fassade niemals ausmachen würde? Für den Moment schien es so. Und je länger Goethe über diesen Brandbrief nachdachte, desto unwohler wurde ihm. Ihm war, als sähe er eine düstere Gestalt, die Umrisse, die Haare, die Kleidung, bis ins Detail – doch ein Gesicht, das sah er nicht. Es blieb im Verborgenen.

Wer immer es war, er – oder sie – konnte Goethe gefährlich werden. Durch die Wärme der freundschaftlichen Wendungen hindurch spürte Goethe auch Kälte. War womöglich sogar Eifersucht im Spiele? Doch wer – zum Teufel! – konnte schon auf ihn eifersüchtig sein?

«Euer Hochwohlgeboren?», riss Henri den Geheimrat aus den Gedanken. Er hielt das Buch in den Händen und schwenkte es demonstrativ vor Goethe.

«Nach welchem Wissen dürstet es Ihnen, junger Freund?», fragte Goethe mit einiger Herablassung. «Wollen Sie weltbewegende Fragen mit mir wälzen oder lediglich die Reisezeit mit Geschwätz totschlagen?»

Henri verzog den Mund. «Weder noch.»

«Welches Dritte könnte es geben?»

«Ich möchte Euer Wohlgeboren meine Verehrung über Ihr Buch kundtun.»

Goethe schlug die Augen zum Himmel: Er hatte es geahnt!

«Darf ich Ihnen eine Frage dazu stellen?»

Goethe erging sich in einer Geste, als willige er in seine Hinrichtung ein.

«Ihr Werther und Ihre Lotte, sie sind so wunderbar nah miteinander. Einer versteht des anderen Innerstes. Werther weiß, wie Lotte fühlt. Wie kann das sein, wo doch – wie Sie sagen – die Sphären der Männer und die der Frauen so entschieden voneinander getrennt sind?»

«Nun, es gibt genügend Berührungspunkte. Sie haben Ihre Amalie doch auch kennengelernt.»

«Ja, schon. Aber nicht so nah. Sie schreiben so kundig über die Welt der Weiber, als, bitte verzeihen Sie, Exzellenz, als seien Sie selbst eines.»

Mit schmalen Augen beugte sich Goethe weit vor und flüsterte Henri etwas zu: «Hören Sie, mein junger, unwissender Freund: Die Sphären der Männer und der Frauen sind durchaus verschieden. So manches Paar sitzt wortlos beieinander: er bei einem Blatt für gebildete Stände, sie über ihrem Nähzeug. Dann ist es schon ein Glück, dass sie im selben Raume weilen. Mancher Gatte hält die Nähe des anderen nicht aus. Manchen aber – und ich bin glücklich, mich zu jenen zählen zu dürfen – ist es das höchste Glück, die Grenze zu durchbrechen und ein Paar im wahrsten Wortsinne zu sein, ein gemeinsames Leben und ein gemeinsames Empfinden zu pflegen, einen Austausch, wie er im Alltag kaum möglich ist.»

«Zu einem Wesen zu verschmelzen, das wäre himmlisch! Ganz Amaliehenri sein!»

Goethe runzelte die Stirn. «Es kann himmlisch sein. Aber manche Männer fürchten sich davor.»

«Warum?», fragte Henri aufrichtig erstaunt.

«Weil es stets eine Hierarchie unter Männern gibt. Und eine andere unter Frauen. Wenn Männer und Frauen gleichberechtigt zusammenleben, kennt man keine Hierarchie mehr. Das ist ein Leben im Ungewissen. Im schlimmsten Fall ein Leben im täglichen Kampf ums Rechthaben.»

Goethe betrachtete sein Gegenüber schweigend. Er war nicht sicher, ob Henri den Sachverhalt nachvollziehen konnte.

Der junge Mann stellte eine neue Frage: «Ist denn der Tod ein gerechter Preis für die Liebe?»

Der Geheimrat legte die Fingerspitzen aneinander, dann sein Kinn darauf. Er atmete tief ein, bevor er sprach. «Das eine ist nicht gegen das andere aufzuwiegen. Was wäre denn mit eurem Freitod gewonnen? Nichts! Das Leben verloren, die Liebe verloren. Der Tod endet alles, auch die Liebe.»

«Aber der *Werther*!», wollte der junge Mann einwenden und hob das Buch, auf das er sich berief, doch Goethe unterbrach ihn mit einer zornigen Geste.

«Der *Werther* ist eine Figur der Kunst. Sie besaß niemals ein Leben außerhalb der Literatur.»

«Aber diese Figur ist Ihrem Leben doch sehr nahe?»

«Bin ich aus Fleisch und Blut?» Goethe streckte ihm die faltigen Hände entgegen, damit Henri sich davon überzeuge.

Doch der wich erschrocken zurück. «Natürlich sind Sie das, Exzellenz.»

«Da hast du's!», ging Goethe, da man sich nun derart bekannt hatte, zur vertrauten Ansprache über. «Der *Werther* hingegen ist aus Papier.»

«Aber ist er nicht nach Ihrem Ebenbild gestaltet? Haben Sie nicht selbst die Charlotte Buff geliebt, die dann den Kestner heiraten musste? Ist die Geschichte nicht vollends nach eigenem Erleben gestaltet? So erzählt man es sich wenigstens …»

Goethe zog eine gequälte Miene. Die Erinnerung lag ihm allzu fern. «Jede Figur in meinen Romanen ist nach meinem Ebenbild gestaltet. In den Theaterstücken übrigens auch. Ich transzendiere das echte Leben in ein Bild. Es besteht eine Beziehung hinüber und herüber. Aber ein Ratschlag für die erfundene Figur taugt nicht fürs reale Leben. Sonst könnten wir ja alle Probleme dieser Welt durchs Bücherschreiben lösen. Das Leben aber ist ungleich komplizierter als eine kleine, sentimentale Geschichte.»

«So nennen Sie Ihre eigene Schöpfung?»

«Ich bin es leid, auf Geschichten angesprochen zu werden, als säßen wir darüber zu Gericht. Niemand würde mir den Mord am *Werther* vorwerfen, nicht wahr?»

«Natürlich nicht. Warum auch?»

«Weil ich ihn doch in Gedanken umgebracht habe. So wie ich ihn in Gedanken gebar. Und wahrlich, ich habe genug Prügel dafür bezogen, dass ich den *Werther* erfand und in den Tod gehen ließ.»

«Doch die Geschichte wurde weltberühmt!»

Goethe breitete die Hände aus. «Ohne mein Zutun. Ich habe einen hohen Preis bezahlt. Die moralsauren Gazetten geiferten, die Pharisäer wollten mich gar exkommunizieren angesichts des ketzerischen Todes! *Gott allein endet das Leben eines Menschen.* Wie oft musste ich diesen Satz hören ... Dabei ging es doch nur um das künstliche Leben einer erfundenen Figur.»

«Sie haben sie damit zu ewigem Leben geführt», ergänzte Henri und fragte dann: «Wie steht es um Ihre Liebe zur vormaligen Mademoiselle Vulpius?»

«Holla, welch ein Gedankensprung! Wie kommen Sie auf jene?»

«War diese Liebe nicht auch *verboten*?»

Goethe stemmte den Ellenbogen auf seinen Oberschenkel und beugte sich zu Henri vor. «Ich sage Ihnen etwas, mein Freund: Dieses Weib ist jedes Opfer doppelt und dreifach wert! Sie ist eine Frau, so real, wie ich niemals zuvor eine traf! Himmelweit entfernt von jeder dichterischen Erfindung. Und ich war so frei, sie mir zum Weib zu erwählen, gegen alles tugendwächterische Lamentieren!»

«Wie gern würde ich sie kennenlernen!», entschlüpfte es Henri.

Mit grimmiger Miene lehnte sich Goethe zurück in die Polster. «Das glaube ich gern», sagte er heftiger, als er es zulassen wollte. «Sie sind zu forsch, junger Mann! Wühlen in anderer Leute Angelegenheiten herum! Mit welchem Recht?»

«Mit demselben Recht, mit dem Sie sich in die meinen gemischt haben, Exzellenz.»

«Hätte ich das nicht getan, säße ich allein in dieser Kutsche.» Goethe beugte sich zum Fenster und murmelte so laut, dass Henri es gut verstehen konnte: «Was gäbe ich dafür, wenn es so wäre!»

Doch Henri ließ sich nicht schrecken. «Exzellenz», begann er erneut, «wenn ich Sie so über die Liebe reden höre – und ich kenne, was Sie darüber geschrieben haben –, so weiß ich meine Liebe in Ihren Händen gut aufgehoben. Gern befolge ich Ihren Rat, Hochwürdiger, denn ich weiß: Niemand fühlt besser mit den Frauen als Sie!»

Goethe schwieg.

«Ich fühle mich unvollständig, sobald ich Amalien entbehre», fuhr der junge Mann in seinem Geständnis fort. «Es ist, als klaffe ein Loch in meinem Herzen. Und jeder weitere Tag ohne sie raubt mir die Lebenslust. Und dass, wie Sie mir sagten, die Frau meines Herzens mein Gefühl nicht mehr erwidert, lässt mich verzweifeln! So, wie Ihr Werther verzweifelte an der Unmöglichkeit, das geliebte Weib zu ehelichen!»

Goethe versuchte, aus dem Fenster zu schauen, doch ein schlieriger Schmutz trübte den Blick. Plötzlich war ihm die Kutsche ein Gefängnis, in das er, eingesperrt mit seiner und des jungen Mannes Geschichte, für den Rest seiner Tage unter Strohraschen und Reifengepolter dahinholpern sollte. Eine lebenslange Strafe für – ja, wofür eigentlich? Für zu viel Glück, das ihm im Leben beschieden war?

Er räusperte sich, entschlossen, dem jungen Mann einen Satz zu sagen, der ihm eine Weile Beschäftigung bieten würde: «Eine Frau muss, ebenso wie ein Mann, zuvörderst lernen, sich selbst zu lieben. Sonst wird es ihr unendlich schwerfallen, sich lieben zu lassen. Geben Sie Amalien die Zeit, sich selbst lieben zu lernen. Sie haben das Tor zu ihrem Inneren aufgestoßen. Es ist vielleicht das erste Mal, dass sie sich als ein geliebtes, ein begehrtes Wesen erkennt. Geben Sie ihr Zeit und Gelegenheit, durch Ihre, durch Henris Augen, auf sich selbst zu schauen. Sie wollten ihr ein Leben rauben, das sie eben erst gewonnen hatte. Atmen Sie durch, junger Mann, atmen Sie erst einmal durch!»

Der Aufenthalt in Eger dauerte länger als erwartet. Der Morast des schmelzenden Schnees hatte die Postpferde ermüdet, sie mussten getauscht werden. Goethe und Henri nutzten die Pause zu einem Mittagsmahl. Der Wirt bot Gräupchensuppe oder Gulasch, beides aus einem Kessel in der Mitte der Stube, da es für die Reisenden stets rasch gehen musste. Innerhalb von Minuten saßen sie vor dampfenden Schüsseln. Der Gastraum füllte sich.

«Wir werden wohl spät nach Weimar kommen», ließ sich Henri zu einer Prognose hinreißen.

Goethe brockte sein Brot in die Suppe und nickte. Er ahnte, worauf die zaghafte Bemerkung hinauslief.

«Zu spät jedenfalls, um noch in derselben Nacht die Fahrt nach Erfurt anzutreten», setzte Henri den Gedanken fort und warf Goethe einen Seitenblick zu.

Sicherlich wartete er auf eine Einladung durch den Dichterfürsten, doch die blieb aus.

Angespanntes Schweigen entstand, denn beide wussten, was die Höflichkeit verlangte. Unmöglich war es, den jungen Mann im nächtlichen Weimar vor die Tür zu stoßen.

Der Dichter stierte in seine Gräupelchen und war weit davon entfernt, dem jungen Gegenüber auch nur einen Schritt entgegenzukommen. Er hob den Löffel an den Mund. Blies die Hitze fort. Schob den Löffel in den Mund. Kaute. Schluckte. Dann von Neuem das Ganze. Schweigend.

Ohne Antwort erhalten zu haben, rettete sich Henri in einen Kunstgriff der Diplomatie: Er setzte Goethes Angebot einfach voraus.

«Zu gern», sagte er, «würde ich Euer Hochwohlgeboren Einladung annehmen.»

Jetzt sah sich Goethe zu einer Antwort gezwungen. «Hm», sagte er. Und: «Ja. Das wäre möglich.»

«Was wäre möglich?», fragte Henri zur Sicherheit.

Goethe legte den Löffel in der Suppe ab, lehnte sich zurück und verschränkte die Arme vor dem Brustkorb. «Es wäre möglich, dem jungen Herrn für eine Nacht Obdach zu geben. Jedoch», und damit zog der Dichter die Augenbrauen in die Stirn, «keinesfalls länger.»

Mit schmalen Lippen wandte sich Goethe wieder seiner Suppe zu.

Henri aber ergriff lächelnd seinen Holzlöffel und setzte das Mahl munter fort. «Es wird mir eine Ehre sein, Euer Exzellenz' Gattin die Hand zu küssen.»

Nachdem sie Eger verlassen hatten, fiel Goethe in einen Schlummer. Sie durchquerten einen Zipfel des Königreichs Bayern und erreichten die Grenze des Großherzogtums Sachsen-Weimar-Eisenach, jenes Duodez-Fürstentums, an dessen dritter Stelle Seine hochwürdige Exzellenz, der Staatsminister Johann Wolfgang von Goethe stand.

Sein Unterkiefer klappte im Schlaf herunter, sodass man die gelichteten Zahnreihen des beinahe Siebzigjährigen sehen konnte, einen Umstand, den Goethe gern verbarg.

Der Grenzhalt und die Kommandos der Zöllner rissen ihn aus dem Schlaf. Doch bald war die Bagage inspiziert und *per signum* freigegeben, bald rollte der Wagen wieder an. Nun atmete Goethe freier. Und fühlte sich zugleich von Sorgen und Pflichten erfüllt.

Henri wagte es, das Thema, das ihm schon seit Antritt der Reise auf dem Herzen lag, erneut anzusprechen. «Ich habe über Ihre Bemerkung nachgedacht, Exzellenz.»

«Welche Bemerkung?»

«Dass ich Amalie Zeit geben muss.»

«Schön», sagte Goethe. Seine Gedanken gingen gerade in eine vollkommen andere Richtung. «Etwas anderes», fügte er zerstreut hinzu, «bleibt Ihnen derzeit wohl auch nicht übrig.»

«Ich werde diese Tage der Sehnsucht durchleiden, um dann in eine Ehe einmünden zu können, die zwei füreinander bestimmte Herzen miteinander vereint. Nicht wahr, Exzellenz: Sie ist die wunderschönste Frau auf Erden?»

Goethe sah dem Landsmann in die Augen: «Die Liebe, mein junger Freund, kann nicht durch richtige Antworten in sicheres Fahrwasser geleitet werden. Die Liebe ist immer Aufbruch und Unsicherheit.»

«Tatet Ihr, Exzellenz, Euch deshalb so schwer, die Frau Vulpius zu Eurem angetrauten Eheweib zu nehmen?»

Die Schnelligkeit, mit der Goethes Kopf nun herumfuhr, hätte Henri dem alten Herrn offenbar nicht zugetraut. Er fühlte sich wohl einem Blick ausgesetzt, der ihm mit zunehmender Dauer beinahe körperliches Unwohlsein zu bescheren schien.

«Meine Verhältnisse mit der ehrenwerten Frau Geheimrätin werde ich nicht im Detail vor Ihnen ausbreiten, Verehrtester. Auch wenn Ihre Verhältnisse mehr als offen vor mir liegen, können Sie wohl kaum dasselbe von mir verlangen.»

Henri schüttelte den Kopf. Und beharrte auf dem Recht auf Auskunft: «War es nicht eine Verbindung, die bis heute als nicht Eurem Stand und Rang gemäß angesehen wird?»

Goethe verzog das Gesicht. «Ich habe dieser Dame mein Leben zu verdanken», sagte er widerstrebend. «Und ich hätte jeden Preis dafür gezahlt, sie die Meine zu nennen. Ich habe unser gemeinsames Kind, meinen einzigen Sohn, legitimiert und sie zu meiner rechtmäßigen Erbin erhoben. Ich habe ihren Bruder, meinen Schwager, einen mittelmäßigen Theaterdichter, protegiert. In die Weimarer Salons ist Christiane eingeführt, wenigstens in einige.

Unser Fürst selbst hat, als sich ihre Kutschen gar nicht weit von hier begegneten – er vom Kongress in Wien kommend, sie zu mir ins Karlsbad reisend –, ihr seinen Respekt erwiesen und sie in jeder Hinsicht ins Vertrauen gezogen. Mehr ist unter den bekannten Bedingungen nicht vorstellbar.»

«Sie haben Mut bewiesen, sich für sie zu entscheiden», bestätigte Henri. Dann fragte er freiheraus: «Trifft es zu, dass Ottilie von Pogwisch Ihren, Euer Hochwohlgeboren, Sohn August von Goethe nicht ehelichen will, da ihr die Verbindung mit der Christiane Vulpius nicht behagt?»

Der Stich traf Goethe. «Sie sind bestens informiert, junger Freund, was den unerträglichsten Weimarer Klatsch anbelangt ... »

«Erfurt ist nur einen Steinwurf entfernt», sagte Henri mit gelindem Lächeln.

Goethe wollte sich der Antwort enthalten, doch Henri bohrte weiter:

«Es scheint Ihnen bitter aufzustoßen. Trifft es denn zu?»

Goethe holte weit aus: «Ottilie ist eine liebenswerte, doch überaus flatterhafte Person. Ihrer Jugend mag man zugutehalten, dass sie nicht weiß, worauf es im Leben ankommt. Tatsächlich sind es nicht ihre Dünkel, die gegen die Verbindung sprechen, sondern die ihrer Mutter. Das steht zumindest zu vermuten.»

«Lieben sie sich?»

Goethe schreckte auf. «Wer?»

«Ottilie von Pogwisch und Euer Sohn, Exzellenz, August von Goethe?»

«Ich wünsche es ihnen. Ich wünsche es jedem Paar. Die Liebe allein sollte eine Verbindung zwischen zwei Menschen begründen, nichts anderes.»

«Eine Liebesheirat ist Ihnen wichtiger als eine dem Stande gemäße?»

«Bin ich nicht der lebendige Beweis?»

«Aber für August, Ihren Sohn? Was wünschen Sie für ihn?»
Goethe schwieg einen Moment zu lang.

«Sehen Sie, das ist der Stich, der mich quält», nahm Henri die Antwort vorweg. «Als Mann denken Sie in den Kategorien der unbedingten Liebe, doch als Vater in denen der Nützlichkeit. Sie, Exzellenz, denken als Vater auch nicht anders als der meine.»

Goethe grummelte und rollte sich in seiner Ecke zusammen. Antwort gab er nicht.

Zweiter Teil

Gegen ein geringes Handgeld und angesichts der Tatsache, dass außer Henri und dem Geheimrat niemand in der Kutsche saß, tat der Postillion dem weltberühmten Passagier einen Gefallen: Er steuerte zunächst den Goethe'schen Hof am Platz hinter dem Frauentor an, bevor er die Weimarer Poststation ins Visier nahm. Als einziges bürgerliches Haus der Stadt bot die Residenz des Staatsministers einen Vorteil, der sonst adligen Palais und Schlössern vorbehalten war: Man konnte zum einen Tor hineinfahren, im Innenhof entladen und – ohne die Pferde ausspannen und die Kutsche wenden zu müssen – zum andern Tore wieder hinaus. Goethe war stolz auf diesen Umstand. Sein Haus war auf diese Weise bei jeder Wetterlage trockenen Fußes erreichbar, und, noch wertvoller: Die Gäste blieben von neugierigen Blicken verschont.

Die Dunkelheit war hereingebrochen und das Tor zur Durchfahrt bereits verschlossen. Der Kutscher, mit einer Fackel bewehrt, klopfte. Es dauerte eine Weile, bis ein Diener öffnete, nachdem er sich zuvor von der Identität der Einlass Begehrenden überzeugt hatte.

Henri machte, zu Goethes Zufriedenheit, große Augen, als sie in den schmalen, doch auf grandiose Weise Schutz gewährenden Innenhof fuhren.

Trotzdem es tiefe Nacht war, kam eine üppige und dennoch leichtfüßige Frauengestalt mit offenem, rehbraunem Haar in Hemd und Morgenmantel aus einer Tür. Flog ihnen, als sie den

Gatten erkannte, förmlich entgegen, nahm seinen Kopf in beide Hände, dass die Haarwellen oben herausquollen, und herzte ihn mit Küssen. Obschon sie blass und im Schein der Fackel kränklich wirkte, strahlte sie Lebensfreude aus. Und ihre Bewegungen waren voller Anmut, wobei sie nicht geziert, sondern ganz natürlich wirkten. Diese Frau verkörperte im besten Wortsinn den Adel der Seele, von dem Goethe gesprochen hatte.

Henri beobachtete das durchaus geräuschvolle Willkommen der Eheleute und wagte sich dann erst aus dem Dunkel der Kutsche. Christiane zögerte, als sie den zweiten Mann entdeckte. Doch als Goethe ihn näher winkte, trat sie Henri entgegen und reichte ihm die Hand zum Kuss.

«Sehr erfreut», sagte Henri förmlich.

Sie lächelte ihn an. «Die Freude ist ganz auf meiner Seite. Was bringst du mir so hübsche junge Männer zur Nachtzeit?», fragte sie dann Goethe mit einem Augenzwinkern.

Und der Mann, der Henri die meiste Zeit der Reise so trocken und einsilbig begegnet war, sagte nun in leichtem, beinahe spielerischem Ton: «Ich weiß doch, was deiner Gesundheit zuträglich ist.»

«O, das weißt du wohl!» Ihr Augenaufschlag war unbeschreiblich.

«Ein besseres Heilmittel war im Karlsbade nicht zu finden», Goethe deutete, den begonnenen Scherz fortführend, auf den errötenden Henri. «Diese Medizin ist wirksamer als Blutegel – wenn auch mitunter ebenso anhänglich. Aber einen Wermutstropfen muss ich dir einflößen: Der Kavalier ist vergeben. Wollte sich gar das Leben nehmen für seine Geliebte.»

Christiane ergriff Henris Hand und drückte sie an ihre Brust. «Ein Held der Liebe! Davon müssen Sie mir erzählen!», rief sie aus. «Ich dachte bislang, ich hätte den einzig gefühlvollen Mann auf diesem Erdball ergattert!»

Henri spürte seine Hand eingeklemmt zwischen ihrem Arm

und ihren Brüsten. Nur durch den dünnen Stoff eines Nachthemds von völliger Nacktheit getrennt. Hilflos flehte er Goethen mit Blicken um Erlösung an.

Trotz aller Müdigkeit musste der Hausherr lächeln. Er liebte diese Frau auf eine Art, die man schwerlich in Lyrik und gar nicht in Prosa fassen konnte. Ein-, zweimal war es ihm gelungen, seiner Liebe zu Christiane in Versen Ausdruck zu verleihen, nicht häufiger. Und das in beinahe zwanzig Jahren!

Forsch packte der Geheimrat die andere Hand seiner Frau und rettete Henri so aus der Verlegenheit. «Sei so gut, Christelkind, meinem Gast ein Zimmer richten zu lassen. Er wird über Nacht bei uns bleiben und morgen bei Tagesanbruch zu seiner Familie nach Erfurt weiterreisen.»

«Aber natürlich. Wie heißt denn die Familie unseres Gastes?»

Henri nannte seinen Vatersnamen.

«Liebau ...», wiederholte Christiane und rief dann aus: «Ich habe diesen Namen nennen hören. Er ist mir bekannt!»

«Wir handeln seit Generationen mit edlen Weinen. Vormals in Frankreich, dann in Frankfurt am Main. Und seit meines Vaters Übersiedlung auch in Erfurt», erläuterte Henri.

«Für edle Weine hast du ein Näschen, mein Christelstern, sicherlich bist du ihnen schon begegnet», merkte Goethe mit einem Lächeln in ihre Richtung an.

«Der edelste Wein ist der, den ich mit dir gemeinsam trinke, mein Herz!»

Henri sah vom Geheimrat zu dessen Gattin. Das Erstaunen in seinem Blick ließ keinen Zweifel daran, dass er nie zuvor einen so vertrauten, offenherzigen Umgang eines Mannes mit seiner Ehefrau zu sehen bekommen hatte.

Und Christiane, die Vielgescholtene, Unstandesgemäße, ließ sich nicht den Schneid abkaufen. Warf dem Geheimrat einen herausfordernden Blick zu und wandte sich dann an Henri: «Haben Sie Gepäck, junger Herr?»

Henri hob die Reisetasche in seiner Hand. «Nur dieses eine Stück.»

Christiane wies den stumm am Ort verbliebenen Diener an, es dem Reisenden aus der Hand zu nehmen. «Folgen Sie meinem Faktotum, mein Herr», sagte Christiane in ihrem thüringisch gefärbten Tonfall. «Wir werden schauen, ob wir eine geeignete Kammer für Sie finden.»

Dann kicherte sie, was Henri berührte. Die Geheimrätin strahlte zwar die Würde und Autorität der fünfzigjährigen Hausherrin aus, doch darunter schien eine beinahe kindliche Unbekümmertheit zu liegen. Als er sich schon zum Gehen wandte und Christiane folgen wollte, drehte Henri sich noch einmal erwartungsvoll zum Geheimrat um.

Goethe machte eine Verbeugung. «Ich muss mich wegen dringender Angelegenheiten entschuldigen und übergebe Sie, geschätzter Freund, mit bestem Gewissen der Obhut meines Hausengels!»

Henri deutete eine Verbeugung an. «Und ich übergebe mich vertrauensvoll den Händen Ihrer hochwohlgeborenen Gattin, der Frau Staatsministerin, Euer Exzellenz!» Er blickte Christiane hinterher, die schon den Hof durchschritt, und schien doch noch zu zögern.

«Gehen Sie nur», sagte Goethe, «sie wird Sie schon nicht auffressen.» Henri lachte, in einer etwas zu hohen Tonlage.

Noch einmal winkte Goethe ihm auffordernd zu. Als der junge Mann noch immer wie gelähmt stand, streckte Christiane die Hand nach ihm aus und zog ihn hinter sich her. Zum Abschied warf sie dem Geheimrat ein Lächeln zu, für das Goethe sich jederzeit in der Ilm versenkt hätte.

Der Hausherr blieb stehen und beobachtete seufzend, wie die drei – allen voran der Diener, dann Christiane, dann, wie ein Kind an ihrer Hand, Henri – ins Haus gingen.

Er zählte dem Kutscher die Münzen für den Gefallen in die Hand. Dann ging er schnurstracks hinauf in sein Arbeitszimmer.

Die Post hatte Christiane auf den Sekretär gestapelt. Nur das Eiligste hatte sie ihm nach Karlsbad geschickt. Blatt für Blatt durchstöberte er die sehr unterschiedlichen Schriftstücke: hochamtliche, gesiegelte Briefe des Landesherrn; einige Akten, von Kanzler von Müller übersandt; aber auch Billetts, Einladungen zu Redouten, Konzerten und Bällen. Er aber suchte nach einem anderen Schriftstück: formlos, ungesiegelt, ungelenk. Und fand es nicht. Keine weitere Nachricht, nichts, was den Verdacht des anonymen Briefeschreibers bestätigt hätte. Goethe atmete auf.

Denn während der Heimfahrt, eingesperrt mit Henri in der Kutsche, hatte ihn eine Erinnerung aus den Tiefen des Unbewussten erreicht. Er legte die Hand vor die Stirn, um hier in der heimischen Ruhe besser als in der Kutsche nachdenken, nachfühlen zu können. Und tatsächlich erschien – wie eine Spaziergängerin aus dem Nebel – ein warmer, weinseliger Abend in Berka vor seinem inneren Auge. Die Tochter einer Aufwärterin in Heinrich Schütz' Pensionat. Anlässlich einer Gesellschaft, die wer gegeben hatte? Er selbst? Oder Schütz? Goethe wusste es nicht mehr. Wie oft führten ihn die Wege nach Berka, dem kleinen Ort in den Hügeln, der seinen rasanten Aufstieg zum Bade allein ihm zu verdanken hatte. Sogar eine eigene Kammer war ihm bei Schütz vorbehalten.

Die Erinnerung an den Abend war schwach. Nichts ließ auf ein Ende schließen, wie das Gerücht es nahelegte. Goethe schüttelte das Nebelgebilde ab und beschloss, handfeste Nachforschungen anzustellen, bevor er sich auf irgendetwas einließ.

«Bereits zurückgekehrt von der Badekur, mein Freund?», empfing ihn am nächsten Morgen Kanzler von Müller in aufgeräumter Stimmung. «Wie geht es dem werten Eheweibe? Ich hörte, sie befände sich noch immer unwohl...»

Goethe verzog das Gesicht. Er mochte es nicht, wenn das Gespräch mit Privatismen eröffnet wurde, wo doch die Regierungsgeschäfte die Hauptaffären zwischen dem Kanzler und ihm ausmachten.

«Sie ist wohlauf. Das Schlimmste scheint überstanden. Dr. Huschke und Dr. Rehbein haben gut gearbeitet.» Auf dem Höhepunkt der Krise war auch der großherzogliche Leibarzt als Ratgeber hinzugezogen worden.

«Das freut uns zu hören, mein lieber Goethe. Sie wollte wohl nicht mit ins Bad?»

«Die Saison ist noch zu jung für ein tanzwütiges Kind wie das meine», entgegnete Goethe. «Derzeit sind dort nur alte Langweiler. Die Bälle und Vergnügen lassen – wie der Frühling – auf sich warten.»

Kanzler Müller lächelte. «Richtig, richtig, beinahe hätt ich vergessen, dass Ihr ein überaus bewegliches Frauenzimmer Euer Eigen nennt!»

«Sie ist nicht *mein Eigen*, Euer Exzellenz», sagte Goethe, plötzlich sehr reserviert. «Sie ist mir Stütze und Lebenselixier – aus eigenem Antrieb.»

Der Kanzler erging sich in einer ironischen Verbeugung, die tiefer war, als es dem Machtgefälle angemessen wäre: Müller war Vorsteher des Kabinetts, dem der Staatsminister Goethe angehörte. Sie waren beinahe gleichrangig. Doch über die Jahre war ein amtliches Verhältnis zu einer – mit respektvollem Abstand gepflegten – Freundschaft gereift, weshalb überhaupt Goethe es wagte, sich in dieser prekären Sache an ihn zu wenden.

«Sicherlich», begann er in tastendem Tonfall, «sind Ihnen die Gerüchte zu Ohren gekommen, dass ein Weibsbild durch Weimar läuft und einen Vater zu seinem Kinde sucht.» Goethe warf Müller einen scheuen Blick zu.

Der Kanzler blickte offen und mit einer gewissen Neugier zurück. «Sie behauptet zu wissen, wer der Vater sei. Doch der Vater weiß es anscheinend nicht. Oder will es nicht wissen ...»

Goethes Blick wollte zum Fenster hinaus fliehen, doch der

Kanzler hielt die Verbindung, entließ ihn nicht aus seiner Verlegenheit. Goethe blieb nichts anderes übrig, als zurückzustarren.

«Sehen Sie, auch mir im fernen Karlsbad ist dieses Gerücht zugetragen worden. Mitsamt der delikaten Information, das Weibsbild betrachte irrigerweise meine Wenigkeit als den Vater. Sie werden verstehen, das sind sehr konkrete Anschuldigungen. Ich muss handeln, ganz gleich, ob etwas dahintersteht oder nicht ...»

«Nun, man sollte meinen, die Dame wird wissen, wer sie geschwängert hat.» Die Spitze in Müllers Äußerung war nicht zu überhören.

«... allerdings hat sie nur obskure Andeutungen hinterlassen. Und mein Gedächtnis will mir auch nicht auf die Sprünge helfen, da ich doch vollkommen im Zweifel darüber bin, ob diese hanebüchene Geschichte überhaupt zutreffen kann.»

Kanzler Müller schwieg beredt. Goethe spürte, dass dies Schweigen einen Vorwurf enthielt, und zog die Augenbrauen zusammen. «Auch Ihnen sind Fälle bekannt, da sich Frauenzimmer einen wildfremden, doch ökonomisch potenten Mann suchen, der ihre Chancen verbessert, das Kind großzuziehen – ganz unabhängig von der faktischen Vaterschaft.»

Müller wog den Kopf. «Man hat von solchen Fällen gehört, durchaus.»

Goethe griff in seine Westentasche und zog den anonymen Brief – sehr klein gefaltet – hervor. «Darf ich Sie freiheraus fragen: Sind Sie der Verfasser dieser Zeilen?»

Kanzler von Müller ergriff den Brief und überflog den Inhalt. Mit jeder Zeile wurde seine Miene finsterer. Am Ende entkam seinen Lippen ein Laut der Verblüffung.

«Aus Ihrer Miene lese ich, dass Sie den Inhalt nicht kannten?», mutmaßte Goethe.

Der Kanzler nickte.

«Was halten Sie davon, Exzellenz?», forderte Goethe eine Stellungnahme. «Aus welchem Hinterhalt kommt dieser Schuss?»

Wieder wog Müller den Kopf. «Es scheint so, wie der Brief sagt: aus Richtung des betroffenen Frauenzimmers. Und mittlerweile – ich muss das mit Bedauern sagen – ist es in Weimar stadtbekannt. Selbst ich, der ich selten aus meinem hochamtlichen Verlies herauskomme, habe davon gehört.»

«So kennen Sie also die Identität des Weibes? Ihren Herkunftsort? Ihren Namen?» Goethe wusste, dass der Kanzler vielfältige Verbindungen unterhielt, teils offizieller Hofnatur, teils informeller. Er war in jeder Hinsicht gut unterrichtet über alles, was in Weimar und dem Fürstentum vor sich ging – eine Notwendigkeit seines Amtes.

«Um den Namen zu wissen, muss ich die Akten durchforsten. Doch ihren Herkunftsort kenne ich bereits: Es ist Berka. Wie Sie bereits vermuteten. Ein Mündel Ihres Freundes Schütz.»

Goethes Miene versteinerte, was dem Kanzler nicht entging. «So scheint es sich nicht nur um eine lose, jeder Berechtigung entbehrende Behauptung eines verzweifelten Weibes zu handeln?», fragte er den schweigenden Dichter.

Goethe verschränkte die Arme und ließ die Frage im Raum. Dann nahm er Müller das Schriftstück aus der Hand, hob es vor sein Gesicht, schüttelte es gar: «Aber wessen Handschrift ist dann dies? Wer wollte mich warnen?»

Kanzler Müller zog die Stirn kraus. Er trug, etwas altbacken, für die nachnapoleonische Ära jedoch keine Seltenheit, eine Perücke. Die saß etwas zu weit oben. Goethe hatte ihn oft am Haaransatz kratzen sehen. Womöglich beherbergte der Kopfschmuck des Kanzlers – ebenfalls keine Seltenheit – Läuse. Müller nahm den Brief in die Hand, ohne dass Goethe losließ. So, an beiden Seiten zerrend, sahen sie ihn sich noch einmal an.

«In der Tat könnte dieser Hinweis sowohl aus der Feder eines Freundes wie aus der eines Feindes rühren», murmelte Müller. «Schließlich enthält er eine implizite Drohung. Wie leicht könnte aus der bloßen Warnung eine Erpressung werden …»

«Mir scheint die Schrift etwas ungelenk», ergänzte Goethe und klammerte sich, indem er sich über den Brief beugte, an die Fakten. «Sehen Sie, dieses ‹E› in ‹Exzellenz› – wie zittrig, fast wie von einer alten Hand. Dann wiederum hier, das ist alles gerade und flüssig. Auch scheint mir manches gemalt und nicht in einem Schwung geschrieben, verziert und beinahe schon geziert ... als rühre es von einer Frau her.»

«... die von sich als *Freund* spricht?»

«Sie will ihre Identität verbergen», schloss Goethe.

«Das ist ihr gelungen», sagte Müller und schob die Perücke etwas höher, um sich zu kratzen. Dann fügte er hinzu: «Mich erinnert diese Handschrift an keine mir bekannte. Und», ergänzte er mit gesenkter Stimme, «ich glaube auch, den Grund dafür zu wissen.»

Goethe wartete ab. Doch als der Freund sich ungeniert in der Neugier des Gegenübers sonnte, wurde der Geheimrat ungeduldig: «Nun? Reden Sie schon!»

Müller räusperte sich: «Die weibliche Person, die diesen Brief verfasste und des Schreibens durchaus kundig ist, wird Ihnen mit Sicherheit nahestehen. So nahe, dass Sie sie an ihrer Handschrift sofort erkannt hätten.»

«Aber ...»

Kanzler von Müller schnitt dem Geheimrat mit einer Geste jeden Einwand ab und fuhr fort: «Sehen Sie diesen Flecken? Und hier, diese verwischte Fahne am ‹F›?»

Goethe nickte.

Kanzler Müller sah ihn mit hochgezogenen Augenbrauen an. «Als sie diesen Brief schrieb, benutzte sie die linke Hand, um ihre Schrift unkenntlich zu machen. Sie befürchtete also, dass Sie, hätte sie Klarschrift benutzt, auf ihre Identität hätten schließen können. Sie müssen die Verfasserin dieses Briefes gut kennen, mein Freund, sehr gut sogar.»

Müller entließ seine Ecke des Briefes. Goethe nahm es in beide

Hände und betrachtete das Schriftstück noch einmal, doch nun mit gänzlich anderen Augen.

In der Tat, wenn man genau hinsah, dieser Wechsel aus gelenken und ungelenken Passagen ließ nur diese eine Erklärung zu. Gegen manche Schreibfiguren sträubten sich Hand und Feder, andere hingegen, geläufigere, ließ die linke Hand zu.

«Sie haben ganz recht», sagte Goethe verblüfft, «so muss es sich verhalten!»

«Forschen Sie in Ihrem engsten Umkreis, mein Bester, schauen Sie sich die Menschen an, die Ihnen täglich Briefe schreiben. Unter jenen wird sich die Verfasserin finden.»

«So muss es sein!», bestätigte Goethe.

Indem dieser Gedanke gefasst war, schnurrte die Zahl der Verdächtigen nicht nur blitzartig zusammen, sondern, wer auch immer es war, wollte Goethe nicht nur Gutes. Er – oder vermutlich: sie – erhob den Zeigefinger gegen ihn und wollte ihn auf den rechten Pfad bringen!

Müller gab sich den Ausdruck einer Sphinx, während Goethes Mimik verschiedenste Gemütsregungen zeigte.

«Ich werde Ihnen derweil», versprach Müller, «die Identität des geschwängerten Weibsbildes verschaffen, mein Freund, und, so Gott will, auch deren derzeitigen Aufenthalt.»

Als Goethe sich mit aufrichtigem Dank verabschiedete, wusste er nicht, ob er erleichtert oder verunsichert sein sollte.

Am späteren Abend klopfte der Geheimrat – einen Schlafrock über das knöchellange Nachthemd gezogen und die Mitbringsel hinter dem Rücken – an Christianes Tür. Eine benommene Stimme rief ihn herein. Christiane hatte sich bereits zu Bett gelegt. Goethe stellte sein Nachtlicht auf das Tischchen daneben und blieb an ihrem Bett stehen. Sie stützte ihren Rücken mit dem Kopfkissen ab und setzte sich auf. «Verzeih, ich fühle mich heute nicht gut. Die letzte Nacht war kurz, weil der Gast, den du ins Haus brachtest, solch ein amüsanter Gesprächspartner war. Daher bin ich heute früh zu Bett gegangen.»

Goethe setzte sich zu ihr und ergriff ihre Hände. «Mein Christelkind, ich sorge mich um dich.»

«Dein Christelkind wird auch nicht jünger.» Christiane schaute kokett und entzog Goethe ihre Hände.

«Ich hörte euch scherzen bis spät in die Nacht. Du warst unvorsichtig!»

Christiane schlug die Augen nieder. «Ach was, ich habe wenig Abwechslung hier, während du in Badegenüssen schwelgst. Er erzählte mir so lebhaft von seiner Amalie, dass mir das Herz warm wurde. Es erinnerte mich an unsere Jugend, unsere Leidenschaft ...» Christiane legte ihre Hand auf den Busen.

«Schau an», sagte der Geheimrat nachdenklich.

«Diese jungen Leute lieben einander aufrichtig», schloss Christiane, «wie wir uns einst liebten! Er gab sich sehr entschlossen.»

«Erwartet eine Frau nicht das entschlossene Handeln ihres Mannes? Und zieht sie sich nicht manches Mal gern auf ihre Unentschlossenheit zurück?», bemerkte Goethe mit einem vieldeutigen Lächeln.

«Solcherart Unentschlossenheit kennst du von mir nicht, Liebster. Und bin ich nicht eine Frau?»

«Keine Frau, mein Kind, ein Wunderwesen – mit nichts zu vergleichen!» Sosehr er auch den glücklicheren Jahren mit Christiane nachtrauerte, so sehr meinte er, was er sagte.

Goethe legte die Geschenke eines nach dem anderen vor ihr nieder: ein Paket süßer Oblaten, einen Kräuterlikör und den Becher mit goldener Aufschrift.

«Leckereien aus dem Bade! Hast du mir sonst noch etwas mitgebracht?» Sie lächelte hintersinnig und streichelte versonnen seinen Oberschenkel. «Etwas Gerede? Ein Gerücht? Den Ruch des

Skandals?» Der dunkle, samtige Ton ihrer Stimme ließ Goethe aufhorchen.

«Ich fürchte, diesmal hab' ich nur eine schlechte Nachricht im Tornister.»

Christiane hob die Hände. «Verschone mich!» Ihrer Miene war anzusehen, dass sie es ernst meinte. Der Moment der Nähe war vergangen.

Lange sah Goethe ihr in die Augen und getraute sich nichts zu sagen. Er vermeinte Tränen zu sehen.

«Es gibt Gerüchte. Vielleicht sind sie dir zu Ohren gekommen ...», setzte er schließlich behutsam an.

Mit einer Geste schnitt Christiane ihm die Worte ab. «Ich will nichts davon hören! Es bringt mich um.»

«Aber ...»

Erneut griff sie zu einer harschen Geste, um Goethes Rede noch im ersten Atemzug zu unterbinden. «Du kommst, um Legitimation für dein Handeln zu erbitten?»

Goethe erstarrte. «Welches Handeln?»

Ziellos strichen Christianes Hände über die Bettdecke. Den Kopf hatte sie gesenkt, um Goethe nicht anschauen zu müssen.

«Jenes, das dich in diese missliche Lage gebracht hat», sagte sie schließlich seufzend.

Goethe blickte ihr ins Gesicht. Die Flamme des Nachtlichts warf flackernden Schein auf ihre Haut. Die braunen Locken flossen über ihre Schultern, sie sah wie ein Traumwesen aus.

«Was weißt du davon?», fragte Goethe.

Christiane wich seinem Blick aus. «Ich will nichts wissen. Es kränkt mich zu sehr. Tu, was du tun musst, aber behellige mich nicht damit! Und lade, ich bitte dich von Herzen darum, nicht deine Verantwortung auf mich! Ich habe schwer genug zu tragen. Auch ohne deine Extravaganzen.»

Goethe nickte. Er streckte die Hand aus, hob ihr Kinn und sah seiner Frau in die Augen. Die blitzten stolz und entschlossen. Vom

Schlagfluss war in diesem Moment nichts zu spüren. Woher nahm sie nur die Kraft?

Goethe ergriff erneut ihre Hände und küsste sie. Über die Jahre waren sie fleckig geworden. In Pflichterfüllung gealtert war sein Christelkind. Und füllig geworden, wie er selbst. Ihr Bauch hob und senkte sich unter der Bettdecke, ihr Blick war leidvoll.

«Meine Liebe!», beschwor Goethe.

Christiane wandte sich ab.

«Ich will nicht, dass du leidest. Was kann ich tun?»

«Lass mich nur los, Liebster, lass mich einfach nur los.»

Goethe ließ ihre Hände fallen wie glühende Scheite und erhob sich. «Ich werde morgen mit Henri nach Erfurt fahren. Er möchte mich seinen Eltern vorstellen.»

Christianes Gesichtsausdruck wurde leer, ihr Tonfall leidenschaftslos. «Kehre doch recht bald nach Weimar zurück! Die Tage werden wärmer – genau richtig, den Winter auszukehren.»

Diesmal zog Goethe die eigene Kutsche vor. Henris Familie musste beeindruckt werden. Das sollte einem Wirklichen Geheimen Rat und Staatsminister des Weimarer Großherzogs wohl gelingen. Henri jedenfalls wirkte geradezu ehrfürchtig, als er die *Diligence* im Innenhof des Hauses am Frauenplan bestieg. Goethes Weisung entsprechend hatte der Kutscher die Knöpfe seiner Uniform poliert. Sie glänzten golden in der Morgensonne.

Henri war voll des Lobes und offenbar schon wieder in Schwatzlaune: «Sie können sich glücklich schätzen, Exzellenz, über einen solchen Hausschatz! Diese Frau ist mit Gold nicht aufzuwiegen. Solche Anmut, gepaart mit Lebensfreude –»

Goethe nickte und verlor kein Wort darüber, dass sein Hausschatz nicht zum Abschied erschienen war.

Sie nahmen einander gegenüber Platz. Die Kutsche fuhr an und rollte aus dem Innenhof. Wie von Geisterhand öffneten sich die

Tore. Goethes Blick wanderte über den weiten, leicht abfallenden Platz vor der Residenz. Plötzlich prallte er vom Fenster zurück. Zur gleichen Zeit war ein Knall zu hören. Von außen hatte jemand mit Gewalt gegen den Kutschkasten geschlagen. Der Kutscher ließ das Fuhrwerk anhalten, Goethe schob das Fenster herunter und erblickte einen Laufburschen in zerrissener Hose. Der Knabe grinste, denn er hatte erreicht, was er wollte: Goethes Aufmerksamkeit.

«Meine Herrin wünscht Euch zu sprechen, Exzellenz, dringend!», begann er Worte hervorzusprudeln. «Es geht um Florentina, Ihr wisst schon ...»

Dieser Name! Goethe packte das blanke Entsetzen. Rasch schob er das Fenster wieder hoch und pochte dreimal gegen die Vorderfront des Chassis, um dem Kutscher anzuzeigen, dass er rasch weiterfahren möge. Wieder schlug der Junge von außen an das Holz. Goethe sah, wie sich die Türklinke bewegte. Schweiß perlte auf seiner Stirn. «Nun fahr endlich!», schrie er zum Kutscher hin, ohne gewiss sein zu können, dass der ihn auch hörte. Endlich gewann der Wagen Fahrt.

«Worum ging es?», fragte Henri von der gegenüberliegenden Sitzbank.

Goethe wischte die Frage mit einer Geste beiseite. «Unbedeutend.»

«Florentina? War das ihr Name?»

«Was weiß denn ich. Irgendein Dienstbote mit irgendeinem Anliegen.»

«Ich wusste, dass Sie sich großer Beliebtheit erfreuen, Exzellenz. Aber mit dieser Art Zudringlichkeit hätte ich nicht gerechnet.»

Goethe lächelte vieldeutig. «Da siehst du die zwei Seiten der Bekanntheit: Sie öffnet viele Türen, die eigene aber muss man bisweilen verriegeln ...»

Henri ließ sich nicht lange beirren, machte es sich auf dem Polster bequem und fuhr fort, von der Gastgeberin zu schwärmen: «Sie war ganz bezaubernd, ein Bild vollkommener Grazie. Wie schade, dass Euer Exzellenz nicht zugegen sein konnte! Sogar Champagner tischte mir die Geheimrätin auf. Austern bot sie mir an, doch die habe ich abgelehnt. Später brachte sie mir ein paar Tanzschritte bei. Die *Ecossaise* – die kannte ich noch nicht. Die Melodie dazu hat sie selbst gesummt.» Henri seufzte tief.

Goethe zog eine möglichst gleichgültige Miene. «Jaja, mein Christelkind. Sobald ein fescher junger Herr daherkommt, macht sie Äuglein.»

Henri beugte sich vor und senkte die Stimme: «Ich bewundere eine Ehe wie die Eure, Exzellenz, die von Vertrauen und Freiheit gleichermaßen gekennzeichnet ist. Das scheint mir die Krönung des Paarseins.»

Goethe grummelte etwas. Seine Gedanken sannen dem Begriff *Äuglein* nach, den er so oft aus Christianes Mund gehört hatte, als scherzhafte Ermahnung an ihn, den Vielgeliebten, keine *Äuglein zu machen* oder sich nicht *auf Äuglein einzulassen*. Es war eine Wortschöpfung, eine Verabredung zwischen ihnen beiden als Chiffre für einen harmlosen Flirt. Doch etwas klang nach, das ihn irritierte.

«Wie lange mussten Sie suchen, Exzellenz, um solch eine charakterstarke Gefährtin zu finden?»

Ohne auf Henris Fragen einzugehen, suchte Goethe den Brief des immer noch unbekannten, angeblich *treuen Freundes*. Schließlich zerrte er ihn aus der Westentasche. Seine Finger zitterten beim Entfalten. Er überflog die Zeilen. Und tatsächlich: Da stand *Äuglein*. Er begann von vorne zu lesen, sorgfältig, Zeile für Zeile, Wort für Wort. Schon hörte er Christianes Stimme. Sie sprach aus jeder Zeile. Es waren ihre Ausdrücke, es war ihre Art, die Dinge zu formulieren! Wie konnte er so blind gewesen sein?

«Was haben Sie, Exzellenz?», fragte Henri besorgt. «Geht es Ihnen nicht wohl?»

Goethe war erbleicht. Der Brief des *treuen Freundes* stammte aus Christianes Feder! Sie wollte ihn warnen! Wollte ihm ankündigen, was sie doch zutiefst kränken musste: dass ein Frauenzimmer durch Weimar lief, das sein Kind im Leib trug. Durch alle Leiden hindurch und die Kränkung, die dies für sie bedeuten musste, hatte sie selbst ihn auf die Gefahr aufmerksam gemacht. Hatte ihn herbeigerufen, um die Angelegenheit von ihm abzuwenden. Wie großherzig war diese Menschenseele! Wie treu ihre Liebe!

Mit tränenfeuchten Augen ließ Goethe den Brief sinken und sah Henri an. «Sie wissen gar nicht, wie gut dieses Wesen ist, wie unermesslich gut!» Ihm wurde der Kragen eng und die Luft knapp. Er öffnete das kleine Schiebefensterchen an der Frontseite und wechselte einige Worte mit dem Kutscher. Dann wandte er sich wieder an Henri: «Es macht Ihnen doch nichts aus, in Berka Station zu machen? Dringende Angelegenheiten führen mich dorthin. Ich habe die Badeaufsicht über dieses Städtchen. Und manch andere Verantwortung.»

Die Worte ließen ihn erneut seinen Gedanken nachhängen. Kaum noch hörte er Henris Entgegnung: «Ihre Kutsche, Exzellenz, Ihre Pläne. Es freut mich außerordentlich, ein Teil all dessen sein zu dürfen. Ich verehre Sie jeden Tag mehr. Und Ihre werte Gattin.»

Seitdem Goethe seine Aufmerksamkeit auf dieses kleine, mit landschaftlich reizvoller Lage gesegnete Städtchen gelenkt hatte, war es noch hübscher geworden. Am Ortsrand hatte der Staatsminister durch den Landesbaumeister Coudray einige ruinierte Häuser abreißen und einen kleinen Park rund um den Teich anlegen lassen. Eine Badeeinrichtung nahe des schwefligen Sumpfgeländes, wo mineralische Wässer ans Tageslicht drängten, war gefolgt. Goethe hatte im Jahr 1814 den Schwefelgehalt analysiert und die Eignung zum Heilbade testiert.

Nur eine mäßige Spazierfahrt von Weimar entfernt, war Berka nicht nur von der Staatsregierung, sondern auch von den Gästen als Kurort angenommen worden. Das Publikum nahm zu – und auch die Gastlichkeiten.

Goethe ging Henri gegenüber nicht ins Detail über die zu regelnden Angelegenheiten. Und auch der Kutscher stellte keine Fragen. Berka war ein gewohnter Aufenthalt, im Sommer legten sie den Weg beinahe wöchentlich zurück. Goethe empfahl Henri eine Gastwirtschaft abseits des Posthofs. Die Postschänke selbst genoss einen schlechten Ruf. Nicht wegen des Essens, sondern wegen der losen Personen, die dort verkehrten. Mit den Gästen waren auch die Dirnen und Diebe in den Ort gekommen. Doch dort gab es immerhin Heu für die Pferde und eine geheizte Gasthausbank für den Kutscher.

Wie einen guten Freund brachte Goethe Henri am Arm zu den «Drei Kronen» ganz in der Nähe des Posthofs. Dann empfahl er sich.

Zunächst wandte er sich dem Schütze'schen Pensionat zu. Die Kammer, die man ihm dort bereithielt, war nicht der Rede wert, aber zu seiner Verfügung, wann immer er hier Aufenthalt nahm.

Er fand den kahlen, wohlbeleibten Freund in einem Gelass nahe des Haustores, wo Schütz alle ein-, aber auch hinaustretenden Personen bemerken musste. Es war zugleich seine Schreibstube. Als ihm der Geheimrat gegenüberstand, ließ der eigentliche Spiritus Rector des Örtchens seine Feder fallen und schob überrascht die Nickelbrille den Nasenrücken hinauf. Allein die schmalen, fein gewölbten Augenbrauen verliehen seinem Gesicht einen markanten Zug.

«Warum haben Sie mir Ihren Besuch nicht angekündigt, Exzellenz? Dann hätte ich Ihnen einen würdigeren Empfang bereitet.»

Goethe winkte ab. Er hatte nicht viel Zeit und musste die Regelung der unliebsamen Angelegenheit zügig vorantreiben.

«Als ich vor einigen Wochen bei Ihnen weilte, sicher erinnern Sie sich, um die Pläne für den neuen Badebrunnen zu begutachten ...»

Schütz nickte, um anzuzeigen, dass er sich erinnerte.

«... da ließen Sie eine Ihrer Schülerinnen singen. Am Cembalo. Richtig?»

«Ja», sagte Schütz, «ich erinnere mich.»

«Wie hieß das Mädchen doch gleich?»

«Sie hat Ihnen gefallen, nicht wahr?» Schütz lächelte.

«Im Gegenteil: Ich schulde dem Mädchen eine Gefälligkeit», sagte Goethe und wich Schütz' Blick aus.

Der Pädagoge sah ihn stumm, aber darum nicht weniger erwartungsvoll an. Vielleicht wollte er den Geheimrat auch leiden sehen und schwieg sich deshalb aus.

«Können Sie mir ihren Namen verraten?», beharrte Goethe.

«Die so schön sang am Cembalo?»

Goethe nickte. «Ebendiese.»

«Florentina Dürfeld. Tochter des bekannten Petersburger Hofmalers Dürfeld. Und befreundet mit einer Hofdame der Großherzogin Maria Pawlowna. Sie kam letztes Jahr nach Weimar und spekulierte auf eine Stellung bei Hofe. Bislang jedoch wurde sie nicht angehört.»

«Ist sie versprochen? Hat sie einen Hausschatz?»

«Exzellenz, was sind das für Fragen?»

Goethe machte eine unbestimmte Geste. «Ich möchte eigentlich nur wissen, wo sie untergebracht ist.»

«Da das angestrebte Kammerjungfernamt auf sich warten lässt, ist das Mädchen in Anstellung gegangen als Hausmagd bei der Kaupitz'schen Sippe. Die haben ihren Hof am Anger. Dort wohnt sie nun. Ihr wisst, Exzellenz, die Plätze in meinem Pensionat sind heiß begehrt.»

«Das weiß ich, mein Freund, umso dankbarer bin ich für die Kammer, die Ihr zu meiner Verfügung haltet.»

Schütz machte eine Verbeugung, die seine Dankbarkeit dafür ausdrücken sollte, dass Goethe regelmäßig ein gutes Wort beim Landesherrn für ihn einlegte.

Der Geheimrat nahm die Geste der Wertschätzung mit Würde entgegen, wollte sich schon den Hut aufs Haupt setzen, da hielt er inne und sah Schütz ins Gesicht.

«Ich werde heute noch nach Erfurt weiterreisen, mein Freund.»

Schütz nickte.

«Darf ich meiner Kammer dennoch einen kurzen Besuch abstatten?»

«Nach Belieben, Exzellenz! Niemand wird dort einquartiert, und wollten Euer Exzellenz auch ein Jahrzehnt lang nicht nach Berka finden.»

Als Goethe in das schmale Gelass trat, fand er auf dem Federbett eine grobleinene Decke, darauf ein Bündel Lavendel, damit die Wäsche stets gut rieche. Die Kammer war niedrig. Selbst Goethe musste sich unter den Balken ducken, um den Kopf nicht anzuschlagen. Auf dem Nachttisch standen Tintenfass – verkorkt, damit die Tinte nicht trocknete – und eine Feder in der Halterung. Goethe pflegte, Gedanken, die ihn des Nachts ereilten und bis zum Morgengrauen verloren sein mochten, zu notieren. Bisweilen diktierte er sogar John zur Nachtstunde.

Florentina. Er flüsterte ihren Namen. Seine Lippen erspürten ihn. Mochte der Körper sich erinnern, wenn schon der Geist sich weigerte!

Es fiel kaum Licht durch das schmale Fensterchen, eine Spinne hatte davor ihr Netz gebaut. Das Licht brach sich an den Fäden und ließ sie schimmern. Goethe versuchte, sich jene Nacht und den Abend ins Gedächtnis zu rufen: War überhaupt möglich, was das Mädchen behauptete?

Er erinnerte sich an ihren Gesang und wie liebreizend er ihn fand. Vom ersten Moment an. Eine Stimme, wie er sie noch nie gehört hatte. Ihre genauen Züge aber verschwammen vor seinem inneren Blick.

Von Schütz selbst war sie ihm vorgestellt worden als dessen *Schützling*. Es war nicht das erste Mal, dass der Freund dieses naheliegende Wortspiel benutzte und selbst am lautesten darüber lachte. Goethe hatte dennoch eingestimmt und sich von seiner besten Seite gezeigt.

Das Mädchen hatte eine wahre Räuberpistole erzählt, wie sie, auf Geheiß des Vaters, aus St. Petersburg zuerst nach Weimar, dann nach Berka gekommen sei. Hier habe sie glücklich Unterschlupf im Schütze'schen Hause gefunden. Ihr Gesang sei klar und ihr Körperbau angenehm, sie mache sich Hoffnung auf eine Anstellung an der Hofbühne in Weimar. In Petersburg sei sie durch ihren Vater in der Lage gewesen, dem Hoftheater beizuwohnen, viele Male. Eine wahre Bühnenleidenschaft habe sie entwickelt. Und fühle sich durchaus in der Lage, selbst auf die Bretter zu treten. Ob der Herr Geheimrat, der doch das Hoftheater verwese, nicht ein Wort für sie einlegen könne?

Goethe hatte – mit jedem Gedanken wurde die Erinnerung lebendiger – die Unterhaltung mit ihr genossen. Sie redete viel und mit dem Wein immer lauter, doch der höfliche Umgang war ihr anzumerken; die Theaterleidenschaft wirkte aufrichtig. Allerdings hatte sie – das hätte ihn stutzig machen sollen! – den Wein auch über das dritte Glas hinaus nicht abgelehnt. Die Geselligkeit dauerte an, der Abend wurde lang. Als Goethe sich in seine Kammer zurückziehen wollte, erhob sich auch Florentina. Kichernd hatte sie sich anerboten, Goethen den Weg zu zeigen. Und er hatte ihr den Arm gereicht. Im Nachhinein ein deutlicher Hinweis darauf, dass auch der Geheimrat ebenso wie die Jungfer zu viel des Weines genossen hatte an jenem Abend.

Beider Ausgelassenheit aber war ein sicheres Anzeichen dafür, dass sie den Bogen überspannt hatten. Arm in Arm waren sie über die Dielen gewankt, ja gepoltert. Wer schon geschlafen hatte im Haus, war wieder wach. Sie fanden die Goethe'sche Kammer gemeinsam, und auch das Bett fanden sie gemeinsam. Und am Ende fanden sie im Bett einander – gemeinsam.

Goethe kauerte auf dem Rahmen und hielt seinen Kopf in den Händen. Warf ihn hin und her, um die Nachtgespinste abzuschütteln. Er wollte, nein, er konnte dieser Nacht keine Bedeutung zumessen! Dem Wein geschuldet – und womöglich auch dem überreizten Stimmungszustand, in dem er sich, der ungelebten Liebe zu Marianne Willemer wegen, befunden hatte.

Mit weit ausgreifenden Schritten schlug der Geheimrat den Weg zum Hof der Kaupitz'schen Sippe ein. Vorausgeschickt hatte er einen Diener aus Schütz' Haushalt, der ihn per Billett ankündigte. Also konnte er damit rechnen, von der Herrin selbst empfangen zu werden. Sie war verantwortlich für das Mädchen, solange deren Vater, der Hofmaler Dürfeld, noch in St. Petersburg weilte.

Doch statt der Hausherrin öffnete ihm ein Bursche die Pforte und führte ihn wortlos herein. Der Staatsminister zog formvollendet den Hut, bevor er in die niedrige Stube trat. Den *Surtout* hatte er über die Armbeuge gehängt, das Kreuz der Ehrenlegion prangte auf der linken Brust.

Die Kaupitzin, eine Matrone im reifen Alter, erwartete ihn im Sonntagsstaat. Ihre Wangen waren propper, der Wohlstand war Gast in diesem Haus. Sie schwieg lange und betrachtete den Dichter. Keine Willkommensfloskel kam ihr über die Lippen. Sie wollte die Demut, die der hohe Herr ausstrahlte, wohl ganz auskosten.

Goethe kannte die protestantisch-strengen Züge dieser Gegend. Das vermeintliche Wissen um den richtigen Weg gebar stets den Dünkel. Beschämt starrte er auf die Krempe seines Hutes, den er, seit er das Zimmer betreten hatte, in den Händen knetete.

Schließlich seufzte er und begann zu sprechen: «Ich verstehe Ihren Zorn, Madame.»

Die Alte schüttelte den Kopf. «Das glaube ich kaum, Euer Exzellenz.»

Goethe atmete tief durch. Immerhin bezeugte sie in ihrer Anrede Respekt. Das klang nach der Möglichkeit, ein vernünftiges Gespräch zu führen. Und auf Vernunft war er in dieser Sache angewiesen. Die Gefühle mussten abgeschnitten werden. Wie ein Trieb, der den Stamm zu viel Kraft kostete.

«Madame, darf ich kurz zusammenfassen, was ich mit Ihnen vereinbaren möchte?»

«Tun Sie das, Exzellenz, aber zunächst möchte ich eine Entschuldigung von Ihnen hören. Eine Entschuldigung für das Unglück, das Sie meinem Mündel, dem armen Ding, bereitet haben. Und die Unannehmlichkeiten, die dies für uns bedeutet! Noch hab ich es ihrem Vater, dem Hofmaler Dürfeld, nicht beigebracht. Herr im Himmel, der wird wüten!»

Goethe senkte erneut den Kopf. Er wollte von Liebe reden, von der Leidenschaft des Augenblicks, der olympischen Seligkeit des Abends. Vom Liebreiz des Mädchens. Aber dies alles kam ihm plötzlich geschmacklos vor. Und die Erinnerung hätte ihn unweigerlich auf das Feld der Gefühle geführt: gefährliches Terrain!

Pardonnez-moi, Madame!», bat er schließlich schlicht. Die französische Sprache war für heikle Angelegenheiten besser ausgelegt. Er hatte die Arme ausgebreitet, den Hut in der Rechten, und deutete eine Verbeugung an.

Nickend akzeptierte die Alte die Entschuldigung.

Mit einem tiefen Atemzug nahm Goethe Anlauf. «Sorgen Sie sich nicht um das Schicksal Ihres Mündels! Falls das Kind gesund zur Welt kommt und seine Taufe erlebt, werde ich ihm mit jenem Festtag einen Betrag zur Verfügung stellen, der seine Existenz und die der Mutter auf sichere Füße stellt. So sicher es in diesen Zeiten nur sein kann. Es wird nicht herrschaftlich sein, doch es wird ausreichen, das Kind in geeigneten Umständen großzuziehen.»

«Für Brot können Sie sorgen, Exzellenz, aber was ist mit der Ehre? Dem guten Ruf der Familie? Mit einem Bastard an der Brust meines Mündels? Ich habe das Mädchen wie eine Tochter aufgenommen!»

Goethe walkte wieder die Hutkrempe in den Händen, doch seine Gesichtszüge strahlten Ruhe aus. «Auch dafür werde ich sorgen. Bereits in diesem Augenblick werden Überlegungen angestellt – durch mich und durch andere ehrenhafte Personen –, wem das Mädchen angetraut werden kann. Es wird ein Mann von Ansehen sein, der Ihrer und auch des Mädchens Familie zur Ehre gereichen wird.»

Die Matrone schenkte ihm einen stolzen, aber zufriedenen Blick. «Wer wird es sein?»

Goethe hob die Hände. «Das kann ich Ihnen noch nicht sagen. Wir sind auf der Suche. Aber es wird ganz sicher einer, der Ihrem Mündel eine Zukunft in aufrichtiger Zuneigung verspricht.» Er wollte hinzufügen: gerade so, als hätte ich sie selbst zur Frau gewonnen. Doch was für ein absurder Gedanke! Er verbot ihn sich rasch wieder. Und seufzte.

«Kein Säufer?»

«Kein Säufer, kein Schläger. Ein ehrenhafter Mann.»

«Wie lange werden Sie Hilfe gewähren?»

«So lange es notwendig sein sollte. Ich werde meinen Sohn August einweihen und anweisen, die Dinge fortan zu regeln, auch über meinen Tod hinaus.»

Die Kaupitzin nickte.

«Wann wird Florentina entbinden?» Goethe benutzte zwar den vertrauten Vornamen, vermied aber die Formulierung *von meinem Kinde*, die doch so gerechtfertigt gewesen wäre. Er fürchtete die Gefühlswallungen, die diese Äußerung hervorrufen würde. So viele Kinder waren ihm weggestorben – ihm und Christiane. Und ausgerechnet dieses Erzeugnis einer Weinlaune sollte durchkommen? Des Schicksals Unverfrorenheit war ohne Maß.

«Im Dezember», sagte die Kaupitzin, und fügte hinzu: «So Gott will.»

«Ich werde meine Treuhänder anweisen, sich zur Auszahlung einer Summe bereitzuhalten», erklärte Goethe.

Die Matrone starrte vor sich hin. Schwer zu sagen, ob sie immer noch zufrieden war.

«Seien Sie versichert», sagte Goethe, «dass die Ehre Ihres Mündels und auch Ihrer eignen Sippe keinen Schaden nimmt.»

Die Frau zuckte mit den Schultern. «Das wird sich zeigen.»

Goethe atmete tief ein. Der Klang seiner Stimme nahm Härte an. «Und nun, da Ihre Ehre gerettet ist, möchte ich Ihnen darstellen, was notwendig ist, um auch die meine zu retten.»

Die Miene der Matrone griff die vormals gezeigte Strenge wieder auf. «Warum sollte ich Ihre Ehre retten? Sie haben sie doch selbst aufs Spiel gesetzt!»

«Falls Sie sich nicht auf diese meine Bedingungen einzulassen bereit sind, wird Ihr Mündel keinerlei Hilfe von mir zu erwarten haben.» Entschlossen nahm er seinen Hut in beide Hände, um zu zeigen, dass er, so sie sich nicht einverstanden erklärte, dies Gespräch augenblicklich beenden werde.

Goethe sah, wie sie schluckte. «So nennen Sie mir Ihre Konditionen!»

«Sie werden augenblicklich eine Person Ihres Vertrauens nach Weimar schicken, die Ihr Mündel nach Hause holt. Ich möchte nicht, dass sie dort weiter herumläuft und Geschichten erzählt. Ich schließe nicht aus, dass ich sie nach Weimar verheiraten werde. Deshalb muss Ruhe einkehren. Das Gerede verletzt Menschen, die mir am Herzen liegen!» Goethe hatte seinen letzten Worten einen äußerst strikten Tonfall verliehen, obwohl ihm die Stimme zu brechen drohte.

Die Alte nickte. «Ich werde meinen Sohn nach ihr schicken.»

Es war der, den Goethe für den Burschen gehalten hatte. Er hatte bislang unbeteiligt in der Ecke gestanden. Jetzt nahm er Blickkontakt mit dem Geheimrat auf. Sie nickten einander zu, und er verließ das Zimmer.

«Wird er sich unverzüglich auf den Weg machen?»

«Er wird Florentina gleich holen. Sie ist im Haus ...»

Goethe spürte plötzliche Hitze. Seine Finger krampften sich um die Hutkrempe. Er versuchte, nach außen ruhig zu bleiben. «Ich lege keinen Wert darauf, ihr zu begegnen.»

«Sie möchten die Mutter Ihres Kindes nicht begrüßen?»

«Wir sind uns einmal zu nahe gekommen. Ein zweites Mal wird es nicht geben.» Goethe wandte sich zum Abschied. «Lassen Sie Ihr Mündel für den Rest der Schwangerschaft nicht aus dem Haus. Und verlieren Sie vor allem kein Wort über die Eheverhältnisse. Das sind die besten Bedingungen dafür, sowohl den späteren Gatten als auch den Vater des Kindes zu schützen. Denn das ist unser aller gemeinsames Interesse: alles im Lichte eines normalen Familienverhältnisses stehen zu lassen.»

Die Matrone stieß Luft durch die Nase. «Und Sie, Euer Exzellenz, leben weiter wie zuvor?»

Goethe runzelte die Stirn: «Was nützt es, Menschenleben zu zerstören?»

«Sie, allergnädigster Herr, haben eines zerstört!»

«Weit gefehlt: Wir werden ein Menschenleben schenken. Und eine Existenz noch dazu!»

Die Matrone musterte ihn. Die Verachtung in ihrem Blick stieß Goethe bitter auf. Hatte sie ein Recht, ihn zu verachten?

Da ereilte ihn ein Gedanke, gerade noch zur rechten Zeit. «Falls es ein Junge werden sollte, taufen Sie ihn auf den Namen Carl. Ein Mädchen soll Carolina heißen.»

Die Kaupitzin machte eine ergebene Verbeugung.

Als er sich zur Tür wandte, stand die junge Frau darin: Florentina. Ihre Hand ruhte zärtlich auf dem Leib, der noch vollkommen flach war. Ihr Haar trug sie lang und offen über die Schulter. Goethe stockte der Atem. Er spürte eine vage Erinnerung an jenen Abend, jene innige Nacht. Doch er wollte diese Erinnerung nicht, ließ sie nicht zu, schüttelte sie ab.

Vom Mündel wandte er sich wieder der Vormünderin zu. Doch spürte er Florentinas Anwesenheit mit jeder Faser seines Körpers. Und das Pflichtgefühl ihr gegenüber. «Eine letzte Bitte noch.»

Schicksalsergeben öffnete die Kaupitzin ihre Arme.

«Wenn Sie sich auf die Unterstützung», fuhr Goethe fort, «die ich Ihnen gewähren werde, einlassen wollen, werden Sie niemals – Sie selbst nicht und auch kein weiteres Mitglied Ihrer Familie – irgendeine Verbindung zwischen Ihrem Namen und dem meinen herstellen. Nicht gegenüber Dritten, nicht in Ihrem eigenen Familienkreise, nicht einmal einem durchreisenden Fremden gegenüber. Jede Kontaktaufnahme wird unterbunden!»

«Sie möchten, Exzellenz, meine Hilfsbefohlene und Ihr Kind nicht wiedersehen? Niemals?»

Goethes Miene blieb verschlossen. «Kein Wort. Zu niemandem», wiederholte er.

Er warf Florentina einen Blick zu. Sie stand teilnahmslos da. Schaukelte nur in den Hüften, als ginge sie die Szene nichts an.

«Sind Sie ganz sicher, Exzellenz?», fragte die Kaupitzin, seinem Blick folgend.

Goethe riss sich vom Anblick der jungen Frau los. «Vollständig.»

Die Matrone rieb ihre Handflächen am Kleid. Erst jetzt bemerkte Goethe, dass er im Kragen schwitzte. Die Endgültigkeit der Entscheidung zerrte an ihrer beider Nerven. Dann sagte die Kaupitzin: «So geschehe es.»

Goethe zog den Hut auf den Kopf, die Krempe tief ins Gesicht, und floh an der Schwangeren vorbei aus dem Raum. Hätte sie in diesem Moment die Stimme erhoben und gesungen – Goethe hätte sich wieder umgewandt.

Mit verhangenem Gemüt erreichte der Geheimrat den Berkaer Posthof. Der Kutscher hatte angespannt und den Pferden Hafer vors Maul gehängt. Passanten, die auf die ordinäre Post warteten, ließen ihrer Neugier freien Lauf und besahen sich die Weimarische *Diligence*. Vermutlich hatte der Bedienstete angedeutet, wem das herrschaftliche Fuhrwerk gehörte.

Als Seine Exzellenz, der Staatsminister von Goethe, den Platz betrat, wich die Menge zurück. Vereinzelt applaudierte man. Goethe zog eine mürrische Miene, denn eigentlich wusste der Kutscher, dass sein Herr kein Aufsehen erregen wollte. Eilig klappte er das Trittbrett herunter und öffnete den Schlag.

Henri saß schon auf den Polstern und schaute dem Geheimrat entgegen. «Konnten Sie Ihre Affären vorantreiben, Exzellenz?»

«Was haben Sie mit meinen Händeln zu schaffen!», gab Goethe schroff zurück.

Henri wurde hölzern: «*Pardonnez-moi*, Monsieur. Ich wollte mich nur höflich erkundigen.»

Goethe klatschte in die Hände, damit der Kutscher die Peitsche gab. Ruckend fuhr die *Diligence* an. «Was hat, in der Tat, mein junger Freund, irgendwer mit irgendwessen Händeln zu schaffen? Man halte sich doch tunlichst heraus, denn am Ende der Liebe steht immer – das Schicksal. Der Tod.»

Entgeistert starrte Henri den Dichter an.

«Reißen wir uns nicht immer das Herz heraus und präsentieren es dem Liebsten, wenn wir lieben?», fuhr Goethe fort. «Und ist es nicht immer ein grausames Sterben, wenn dieses blutende Herz verschmäht wird?»

Henri wusste darauf nichts zu entgegnen.

«Ich hasse dieses Spiel auf Leben und Tod.» Goethe zog sich zurück und sah aus, als wolle er für immer schweigen.

Da endlich fand Henri Worte. «Aber Euer Hochwohlgeboren, wie können Sie so etwas sagen? Haben Sie nicht selbst das Hohelied der Liebeskunst gesungen? Sind Sie nicht der Geistesfürst, der die Liebe auf ein allgemeingültiges Niveau, sie überhaupt erst zu einem gesellschaftlichen *Sujet* erhob?»

Goethe zog sich in seine Polsterecke zurück, als die letzten Berkaer Häuser am Fenster vorbeizogen. «Hätte ich doch die Finger von allem gelassen.»

Henri schien ratlos, worauf sich Goethes Bemerkung bezog. Auf seine Verehrung für Amalie? Auf die Liebe im Allgemeinen? Auf die Angelegenheiten, denen er in Berka nachgegangen war? «Wovon, Euer Durchlaucht, wollten Sie die Finger lassen?»

Goethe schaute durch ihn hindurch. Henri vermeinte, seine Lippen zittern zu sehen, als er die Antwort formulierte: «Vom Leben.»

Henris Gesicht war ein einziges Fragezeichen. «Herrgott, was muss in Berka vorgefallen sein?»

«Nicht Berka, nicht Weimar, nicht Karlsbad. Jeder Ort der Welt ist ein Ort des Todes. Frieden existiert nur in der Phantasie.»

Henri schüttelte entschieden den Kopf. «Das klingt nicht nach dem Goethe, den ich aus seinen Schriften, den ich von unsrer Herfahrt kenne!»

«Wundert es Sie? Der Goethe, den Sie aus meinen Schriften kennen, ist der Goethe der Phantasie. In die wahre Welt aber habe ich nicht Liebe, sondern Tod gebracht.»

Henri lachte beinahe, so absurd wirkte diese Behauptung. «Tod? Wie können Sie so etwas sagen? Ihre Gattin liebt sie abgöttisch.»

«Und doch wird sie auf den Tod gehasst dafür, dass sie meine Gattin ist.»

«Das ist nicht Eure Schuld, Exzellenz, ganz und gar nicht.»

«Ich habe Liebe töten lassen. Mehrfach. Durch den Werther. Durch mein Handeln. Durch meines Namens Signum. Sogar durch meinen Samen.»

Henri schüttelte den Kopf. «Ich finde keinen Reim auf Ihre Worte, Exzellenz!»

«Sagt Ihnen der Name Anna Catharina Höhn etwas?»
Henri verneinte.
«Vor bald 35 Jahren, am 28. November des Jahres 1783, wurde dieses Frauenzimmer auf dem Rabenstein in Weimar durch das Schwert hingerichtet.»
«Wessen hatte sie sich schuldig gemacht?»
«Da fragen Sie noch?»
Henri schwieg. Zuckte mit den Schultern.
«Der Liebe!»
Der junge Mann rang um Worte. «Das glaube ich nicht! Das ist doch kein Grund für eine Hinrichtung!»
«Ich war einer von vieren, die das Todesurteil unterschrieben.»
Henri starrte Goethe an. «Wieso haben Sie das getan?»
«Weil die Höhnin getan hat, was gegen jedes Grundgesetz der Zivilisation steht: Sie wurde schwanger – aus Liebe, hoffentlich –, gebar das Kind – und tötete es. Das eigene Kind, mit eigenen Händen. Ertränkt, im Badezuber. Dann verscharrte sie es im Garten. Als man sie verhaftete, war der Dreck noch unter ihren Nägeln. Sie leugnete nicht, keinen Moment.»
«Sicherlich war sie in einer Notlage und wusste nicht, wie sie es durchbringen sollte.»
Goethe nickte. «Richtig. Sie wusste nicht, wie sie dieses Kind ernähren sollte. Der Vater war längst aus dem Staube.»
«Hätte man nicht Gnade vor Recht ergehen lassen können?»
«Hätte man. Der Fürst selbst hätte das Frauenzimmer begnadigen können. Er tat es nicht. Weil seine Berater davon abrieten. Ich war einer dieser Berater.» Goethe hatte noch immer den Zeigefinger auf den Lippen, als wolle er es nicht aussprechen. «Sie wurde hingerichtet auf der Grundlage der Halsgerichtsordnung Kaiser Karls V.»
«Davon habe ich nie gehört.»
«Sie stammt aus dem Jahr 1523.»

«Fünfzehnhundert ...» Henri schwieg entsetzt. «Aber wir leben doch im Zeitalter des *Code Napoléon*!»

«Ich kann es nur wiederholen: Ich habe mich für ihre Hinrichtung ausgesprochen. Und mit mir der gesamte *Geheime Conseil*, jener Rat, dem der Fürst diesen Kasus vorgelegt hatte.»

Henris Entsetzen dauerte an. «Warum?»

«Um Recht und Ordnung aufrechtzuerhalten. Weil es zu viele Menschen gibt, die nicht wissen, wie sie ihre Kinder ernähren sollen. Weil es zu viele Kinder gibt, die gar nicht erst geboren werden sollten. Weil es zu viele Kinder gibt, die allen nur in die Quere kommen.»

«Andere schicken unerwünschte Bälger ins Bergwerk. Oder als Gehilfen in die Schornsteine.»

Goethe machte eine entschuldigende Geste. «Die Höhnin hat ihre Strafe angenommen. Ich suchte sie in ihrer Zelle auf. Sie weinte, sie warf sich auf die Knie, aber sie sah ein, dass sie sich eines barbarischen, einer Mutter unwürdigen Verbrechens schuldig gemacht hatte. Aus Liebe. Und sie liebte innig und immer noch angesichts ihres Todes, denn sie trug mir auf, dem Vater ihres Balges eine Botschaft zu überbringen.»

«Erfüllten Sie ihr den Wunsch?»

«Welchem menschlichen Wesen auf der Schwelle zum Tod kann man diesen Wunsch abschlagen?»

«Sie trafen also den Vater.»

Goethe nickte stumm. «Die Höhnin hatte recht: Er wäre des Ehrentitels *Vater* nicht würdig gewesen. Lieber hätte ich *ihm* den Kopf abschlagen lassen anstatt *ihr*. Aber er hat nur gesoffen, nicht getötet. Und das steht nicht unter Strafe.»

Eine Weinlaune, dachte Goethe voller Scham.

«Also wurde die arme Frau vor Ihren Augen hingerichtet?», fragte Henri mit trockener Kehle.

Goethes Blick floh aus dem Fenster. Dann musterte er seine Schuhspitzen, die wie Mäuse aus den Gamaschen hervorlugten. Er ließ sie, überwältigt von der Erinnerung, im Stroh auf dem Boden der *Diligence* schaben.

«Alle Weimarer Bürger», begann er stockend, «waren anwesend am Morgen ihrer Hinrichtung. Der Abschreckung wegen. Es war meine Pflicht als Mitglied des *Geheimen Conseils*, der die Empfehlung ausgesprochen hatte, mich auf der Ehrentribüne neben *Serenissimo* zu zeigen. Ich hatte keine Wahl.» Goethe musste es nicht aussprechen, Henri sah es in seiner Mimik: «Wie gern hätte ich mich *Serenissimum* an jenem Tag verweigert. Ich hoffte auf eine Krankheit über Nacht und erwachte doch kerngesund. Das Fernbleiben war unmöglich. Ich sah die Jungfer beten mit zitternden Händen. Sah, wie der Scharfrichter ihr den Nacken schor wie einem Schaf, den Kopf auf den Pflock legte, ihn mit einem Streich – Gott sei Dank! – vom Rumpf trennte. Sah das Blut in die Reihen der Gaffer spritzen, dann in die Höhe, denn im Reflex schien sich die junge Frau noch einmal aufzurichten, bevor sie neben den Richtblock sank und das Blut nur noch pulsend strömte – bis es schließlich versiegte.»

Goethe schwieg einen Moment, damit Henri nicht hörte, wie ihm die Stimme brach. Dann setzte er umso kraftvoller hinzu: «Gern hätte ich diesen Anblick vermieden, mein Freund, das kannst du mir glauben.»

Henri errötete. Der Bericht hatte auch ihn bewegt.

«Liebe kann töten», schloss Goethe. «Man ist gut beraten, selbst in der Liebe die Vernunft walten zu lassen.»

Henri stieß Luft durch die Nase. «Das kann nicht das Urteil eines Mannes sein, der der Liebe Lieder singt. Der Geschichten verfasst hat, die die Gefühle aller Liebenden so innig und treffend beschrieben wie niemals zuvor. Liebe ist Unvernunft!»

«Gedichte, mein Freund! Das Leben ist anders.»

«Sind Gedichte nicht die Essenz des Lebens?»

«Von Fall zu Fall. Doch im Gedicht regiert die Emotion. Im Leben *muss* es die Vernunft sein.»

«Ist denn die Liebe nicht das Leben, Herr Geheimrat?»

«Ich traf Euch, als Ihr Euch aus Liebe töten wolltet, *Monsieur*, Sie erinnern sich?»

Da zog Henri sich zurück, wie Goethe das *Du* zurückgezogen hatte, und verlor kein Wort mehr, bis sie ihr Ziel erreicht hatten.

In Erfurt angekommen, ließ Goethe Henri Zeit, sich bei seinen Eltern zu akkommodieren. Er kündigte ihnen seinen Besuchswunsch an und wartete ab, bis sie ihn zu sich baten. Währenddessen zog der Geheimrat Erkundigungen ein, welcher Mann in Weimar geeignet wäre, auf unauffällige Weise die Ehe mit Florentine einzugehen und sich – wenigstens zum Teil – um deren und des Kindes Versorgung zu bemühen. Eine Handvoll Namen wurden ihm schriftlich von Hofrat Voigt überliefert, seinem getreuen Vertrauten in prekären Angelegenheiten. Überhaupt hatte sich Goethe binnen Tagen so gut eingerichtet, dass er wenigstens die allfälligen Korrespondenzen erledigen konnte. Den Diener und Schreiber John beorderte er, da er auf absehbare Zeit nicht nach Karlsbad würde zurückkehren können, ebenfalls nach Erfurt. So konnte er – wie in Jena – bald eine kleine Kanzleiwirtschaft sein Eigen nennen.

In der ersten Hälfte des Mai trafen allerdings Nachrichten ein, die Goethe zutiefst beunruhigten: Da das Wetter nun, nach einem langen, kalten April, endlich frühlingshaft wurde, stießen die Leute die Fenster auf, um den Blütenhauch einzulassen. Auch Christiane am Frauenplan ordnete großen Hausputz an. Dies berichtete sie Goethe in einem Brief. Und sie schonte, wie es ihre Art war, ihre Kräfte nicht. Dem Heer der Hausengel wollte sie wie immer als Beispiel vorangehen; des Geheimrats Zimmer sollten, solange er nicht im Hause war, zuvörderst gereinigt und vom Winterstaub befreit werden.

Der Zauberlehrling, schrieb sie Goethe, *ist in allen Zimmern eingekehrt; Deine sind aber alle schon fertig.*

Tags darauf berichtete sie von Unwohlsein und Unpässlichkeit: Sie hatte ihre Kräfte überdehnt. Voller Sorge formulierte Goethe eine Antwort und riet ihr zu Aderlässen, die das Gleichgewicht der ins Stocken geratenen Flüssigkeiten wiederherstellen würden. Dann schob er die übrigen Briefe beiseite. Es waren zu viele.

In dieser Stimmung erreichte ihn die Einladung der Familie Liebau, genauer gesagt der Madame Mutter. Die Ablenkung war nicht unwillkommen. Also machte sich Goethe, nachdem er John den Besuch hatte ankündigen lassen, auf den Weg.

Man residierte unweit der Krämerbrücke, in einem Viertel der Stadt, das mit Vorliebe von Kaufleuten bewohnt wurde. Im Erdgeschoss fand sich die Weinhandlung. Ein Diener in Livree passte ihn auf der Gasse ab, führte ihn an den Weinfässern und dem Kontor – dem Reich des Vaters – vorüber durch das geräumige Haus und schließlich in den Salon auf der Beletage, wo die Dame des Hauses auf ihn wartete.

Henris Mutter zeigte sich aller Höflichkeitsformen mächtig und entzückt, den größten lebenden Dichter deutscher Sprache willkommen heißen zu dürfen. Mit fließenden Bewegungen ließ sie sich zwischen Kissenwülsten auf einem Sofa nieder. Unmittelbar neben der Hausherrin, jenseits der Wülste, war Platz für den Dichterfürsten reserviert. Henri saß auf einem gepolsterten Lehnstuhl in Reichweite des Geheimrats, in der Mitte zwischen ihnen, auf einem schlankbeinigen, runden Tisch mit geschwungenen Holzfüßen und Glasplatte, standen Tee und Biskuit bereit. Bevor er sich auf den ihm zugewiesenen Platz setzte, machte Goethe eine ehrerbietige Verbeugung vor der Hausherrin. Als sie ihm ihre gepuderte Hand präsentierte, ließ er sich zu einem Kuss hinreißen.

Madame Liebau mochte in Christianes Alter sein, im Gesicht war Henris Mutter noch jugendlich. Eine hübsche Frau, schloss

Goethe, und ihre Augen strahlten, als sie ihn ansah. Seine Hoffnung auf ein munteres Gespräch mit gutem Ausgang stieg. Sie trug keine Perücke. Ihr natürliches Haar war von braunem Ton und kraftvoller Struktur, graue Strähnen waren noch selten, auch dies erinnerte ihn an Christiane. Auf dem zu einer Schnecke zusammengelegten Haar thronte eine Haube aus feinstem, von Perlen durchsetztem Geschmeide.

Sobald Goethe Platz genommen hatte, sprach die Hausherrin mit dem offensten Lächeln, aber jedes Wort abwägend: «Mein Sohn erzählte mir, dass Sie die Liebenswürdigkeit besaßen, ihm das Leben zu retten. Die näheren Umstände verschwieg er jedoch. Sie werden verstehen, dass ein Mutterherz zu wissen verlangt. Vielleicht können Sie mir helfen?»

Goethe warf Henri einen Seitenblick zu. Eine irritierende Stille entstand, und man erwartete offenbar, dass Goethe sie mit der Schilderung der Ereignisse füllen würde, während Goethe dies als Henris Part betrachtete.

«Ich fand Ihren Sohn eines Abends in den Strömen der böhmischen Tepla», sagte der Geheimrat schließlich.

«Im geliebten Karlsbad? Ich hörte, dass Sie dort auch regelmäßig zur Kur weilen. Bedauerlich, dass wir uns nie getroffen haben. Wie ist Henri denn in den Fluss geraten?» Madame Liebau schaute zwar ihren Sohn an, Goethe begriff aber, dass die Frage an ihn gerichtet war.

Um die Gesprächspause natürlich erscheinen zu lassen und sich in seine Gedanken zurückziehen zu können, nippte er am Tee. Er blies und nippte, blies erneut, nippte wieder, dann setzte er die Tasse ab. Neugier und Unruhe der Anwesenden waren spürbar. Henri nutzte die Chance nicht, dem unfreiwilligen Zeugen mit einer Erklärung zuvorzukommen.

Endlich räusperte sich Goethe und konnte sich der Aufmerksamkeit aller gewiss sein. «Ich fand Ihren Sohn im Begriff, seinen Lebensfaden zu kappen. Mit Hilfe einer Pistole, von der ich nicht den geringsten Zweifel hegte, dass sie geladen sei. Henri machte nicht den Eindruck, unvorbereitet zu sein. Er schaute dem Tod tapfer ins Auge, als sich unsere Wege kreuzten.»

Die Mutter wurde blass und legte eine Hand auf ihre Brust. «Exzellenz, stünde Henri in diesem Augenblick nicht gesund und lebendig vor mir, sähen Sie mich der Ohnmacht nahe! Nach allem, was wir für ihn und um ihn ausgestanden haben. Sie müssen wissen, er war ein kränkliches Kind. Tagelang harrte ich neben seinem Bett aus, seine Hand haltend, seine Stirn mit Essigwasser benetzend. Denn das, was meinem Gatten der Weinhandel, ist mir mein einziger Sohn!» Die Dame lachte gekünstelt.

Goethe fiel, etwas steif, in ihr Lachen ein. Dass Henri ohne Brüder und Schwestern geblieben war, war ihm neu. Wie sein eigener Sohn: August.

Henri sah zu Boden. Die Geständnisse der Mutter waren ihm offenbar unangenehm. «Was erzählst du? Ich erinnere mich an kaum mehr als einen Schnupfen», sagte er ruppig.

Das Lachen brach augenblicklich ab. Der Gesichtsausdruck der lebensfrohen Dame verfinsterte sich. «Umso unverständlicher, dass du nun mit diesem mühsam erhaltenen Leben spielst! Dass du es gar – gegen Sitte und Glauben – fortwerfen willst.»

Henri senkte den Kopf, und Goethe sah den jungen Mann vor seinen Augen zum Kind reduziert. Seine Hoffnung schwand, hier irgendetwas erreichen zu können.

«Was hat dir bloß diese Idee eingegeben?», fuhr die Mutter fort. «Welche Sorge trieb dich um? Für ein solches Ansinnen muss es doch einen Grund geben!»

Goethe warf Henri einen Blick zu. Nun musste die Wahrheit heraus. Doch wer sollte sie aussprechen? Er beschloss, dem jungen Mann eine Brücke zu bauen.

«Der Grund hing vermutlich mit der Person zusammen, die Ihren Sohn begleitete.»

«Eine zweite Person? Davon hast du mir nichts erzählt. Wer

war es?» Die Frage der Mutter schien von keiner Neugier begleitet. Offenbar argwöhnte sie bereits.

Henri sprang vom Stuhl und fiel vor ihr auf die Knie: «Die wunderbarste, liebreizendste Person, die es auf diesem Erdenrunde gibt, o Mutter! Allein die Briefe, die sie mir schrieb, sind der Himmel auf Erden!» Er klaubte einen davon aus der Westentasche und hielt ihn ihr hin. «Lies! Sie sind meine Bibel. Du müsstest sie sehen: ihr zartes Gesicht, ihr schlanker Hals, ihre zierlichen, rosigen Finger ...»

Henri hatte die Hände wie zum Gebet gefaltet. Die Mutter nahm sie und legte sie sich in den Schoß. Den Brief, den Henri immer noch in den Händen hielt, nahm sie nicht. Goethe bemerkte, dass Madame Liebaus Augen feucht wurden. An ihrer Miene konnte er ablesen, dass sie ihre schlimmsten Befürchtungen bestätigt sah. «Welche Jungfer kann es wert sein, das Leben, das ich dir schenkte, für das ich mit Angst und Todesqual bezahlte, wegzuwerfen?»

«Diese ist es, Mutter, ich schwöre es! Sie war bereit, mit mir durch die Pforte des Todes zu schreiten.» Henri nahm die Hand der Mutter und legte sie auf seine Stirn. «Segne mich und meine Gefühle für diese Frau, Mutter, ich bitte dich inständig darum, denn ich möchte sie zum Weib nehmen.»

Als habe sie einen glühenden Scheit berührt, zog die Mutter die Hand zurück. Ihr Blick suchte Hilfe bei Goethe.

«So ist es», bestätigte der bereitwillig. «Ich traf Ihren Sohn und besagte Demoiselle bei dem Versuch an, sich zu entleiben. Und konnte es gerade noch verhindern.»

Ratlos schüttelte die Mutter den Kopf. «Aber warum solltet ihr als Essenz eurer Liebe solch einen Unfug treiben?»

«Weil die Jungfer versprochen ist!», rief Henri aus. «Ein andrer wird sie heimführen, dies ist so sicher wie das Amen in der Kirche. Und an dem Tag, da es geschieht, werde ich mich in die Arme des Todes werfen – endgültig.»

«Wer hat dir nur solche Flausen eingegeben?» Die Mutter warf Goethe einen Blick zu.

«Flausen nennst du das?», fragte Henri verzweifelt.

«Schickte dein Vater dich nicht nach Italien, damit du dir die Hörner abstößt? Damit du den Blick für die Notwendigkeiten des Lebens schärfst? Stattdessen kommst du versponnener zurück, als du aufgebrochen bist!»

Goethe versuchte ein Lächeln und breitete die Hände aus. «Es sind keine Flausen, Madame, es ist die Liebe. Nur die wahre Liebe kann die Gefühle derart in Wallungen bringen, dass man das eigene Leben wegzuwerfen bereit ist.»

Madame Liebau sah ihm in die Augen. «Sie schrieben sehr kundig darüber, Exzellenz», sagte sie schließlich im Gewand eines Kompliments, doch ihr Tonfall schien zum Angriff bereit.

Goethe hielt ihrem Blick stand und breitete die Arme aus. «Sie sind so gütig, meine Werke zu kennen?»

«Wer kennte sie nicht», sagte Henris Mutter. «Ich war ein junges Mädchen, als ich den *Werther* las. Und selbst verliebt ...»

«Mutter!», Henri riss die Augen auf und sprang auf die Füße.

«... nicht in deinen Vater», vollendete sie den Satz mit einem Lächeln. Dann seufzte sie tief. Es blieb den beiden Männern überlassen, Bedeutung in diesen Laut zu legen. Mit den Spitzen ihrer Finger strich sie sanft über ihr Brusttuch. Dann fuhr sie fort: «Diese meine Liebe verlief unglücklich. Doch ich lebe, wie Sie sehen. Da ich mir, Sie werden entschuldigen, Exzellenz, durchaus *kein* Beispiel an Ihrem *Werther* nahm.»

Goethe deutete eine Verbeugung an. «Mich dauert jeder und jede einzelne, der sich in der Folge dieser Erzählung das Leben nahm.»

«Es waren nicht wenige. Und man hat Sie dafür an den Pranger gestellt, Exzellenz, ich erinnere mich.»

Goethe verwischte die Spur der Erinnerung mit einer Handbewegung. «Dann werden Sie ebenso wissen, Madame, auch ich war unglücklich verliebt, nicht nur einmal, und doch ließ ich statt meiner nur meine Figuren sterben. Das Leben ist wertvoller als eine Liebe, und sei sie noch so innig. Denn mit dem Leben ist doch auch die Liebe für immer *perdu,* umgekehrt aber nicht das Leben mit der Liebe.»

«Wie können Sie so etwas behaupten?», beschwerte sich Henri. «Sie haben eine so wunderbare Frau. Ein liebreizendes Wesen, wie ich es in seiner Lebensmunterkeit kein zweites Mal gesehen habe. Gegen den Willen der Welt! Sie haben allen getrotzt! Sie sind der mutigste Mann, den ich kenne. Sie haben sich die Freiheit genommen, die Frau in Ihr Haus zu führen, der Sie sich zugehörig fühlten; die Frau, die Sie liebten und deren Liebe Sie spürten, der Welt vorzuziehen. Unbesehen ihres Standes und ihres Ansehens.»

«Sie waren so frei, meinen Sohn Ihrer Buhle vorzustellen?», fragte Madame Liebau entsetzt.

Henri nickte. «Der Inbegriff einer Frau, *Maman,* wie ich sie in ganz Italien nicht traf!»

«Und meine angetraute Gattin, Madame! Wir haben mit harter Münze dafür bezahlt, diesen Titel zu führen», sagte Goethe bitter. «Wir zahlen heute noch – Madame von Goethe mehr als ich selbst.»

«Ich bitte um Entschuldigung, Euer Exzellenz!» Madame Liebau war von Goethe abgerückt. «Sicher haben Sie Verständnis dafür, wenn ich Sie bitte, Ihre eigenen häuslichen Verhältnisse meinem Sohn nicht als Vorbild hinzustellen.»

«Aber», wandte Henri ein, «seine hochwohlgeborene Exzellenz, der Geheime Rat, lebt vollkommen rechtens mit seinem angetrauten Weibe in einem guten, herrschaftlichen Hause. Was sollte daran nicht von Vorbild sein?»

Goethe sah, wie sich die Wangen der Kaufmannsgattin mit leichter Röte überzogen. «Ein ganzes Jahrzehnt unverheiratet mit seiner Buhlschaft! Sein Sohn August außerhalb der Ehe geboren!»

«Und doch von höchster Stelle legitimiert», stellte Goethe richtig. Dazu hob er die Schultern und ließ sie wieder fallen.

Henris Mutter blieb unbeirrt. «So etwas, mit Verlaub, gehört sich nicht in der feineren Gesellschaft. Und zu dieser möchte ich meinen Sohn gern zählen, Euer Exzellenz, wenn Sie verstehen.»

«Das verstehe ich vollkommen, Madame. Ich bin nicht hier, Sie zu überreden, Ihren Sohn in zwielichtige Verhältnisse zu entlassen. Ich möchte lediglich ein gutes Wort für diese Liebe einlegen. Unterstützen Sie ihn, schreiben Sie an die Familie seiner Liebsten, vielleicht können Sie sie überzeugen, ihn als Schwiegersohn anzunehmen. Nach Recht und Gesetz, mit dem Segen eines Priesters, wenn Ihnen danach ist. Denn dieser Absicht habe ich einen Teil meines Lebens gewidmet: der Liebe ihren Rang in der Ordnung unserer Gesellschaft zu geben. Vor der Ökonomie. Vor dem Stand.»

«Mein Sohn ist eine ausgesprochen gute Partie! Er muss sich nicht anbiedern! Niemandem! Ich kann Ihnen fünf Mädchen aus bestem Hause nennen, die sofort in eine Heirat einwilligen würden!», empörte sich die Mutter.

«Ich will keine von den fünfen!», rief Henri aus. «Ich will Amalie, denn wir sind innerlich schon verbunden! Ich bitte Sie, *Madame*, schlagen Sie sich auf meine Seite, sprechen Sie für mich, auch gegenüber Ihrem Gatten! Wenn Sie je wirklich geliebt haben, *Maman*, werden Sie mich verstehen.»

Ein sanftes, nachsichtiges Lächeln schlich sich auf das Gesicht der Mutter. «Ich werde für dich sprechen, mein Lieber, auch gegenüber deinem Vater. Wir werden ihm dein Anliegen vorstellen. Doch dem Urteil, das er fällt, werde ich mich unterwerfen. Niemals werde ich das Wort gegen deinen Vater erheben.»

Goethe nahm die Hand der Mutter, hob sie an seine Lippen und hauchte einen flüchtigen Kuss darüber. «So werden wir unser Anliegen Monsieur Liebau vortragen. Dürfen wir erwähnen, Sie seien der Verbindung wohlgesinnt?»

Die Kaufmannsgattin neigte den Kopf kaum merklich.

«Mehr konnten wir nicht erwarten, Madame!», schloss der Dichter ernüchtert.

«Danke, *Maman*!», sagte Henri und umarmte die Mutter überschwänglicher, als es die verhaltene Zustimmung nahegelegt hätte.

Als der Geheimrat in seine provisorische Gasthauskanzlei zurückkehrte, erwarteten ihn zahlreiche Briefe: von Kanzler Müller, Hofrat Voigt, von Seiner Königlichen Hoheit dem Großherzog sowie ein Brief von seinem zweiten Sekretär Kräuter, der bei Christiane in Weimar geblieben war.

Kräuters Brief öffnete er zuerst, da er Nachricht über seinen Hausschatz erwartete. Vielleicht sogar einen beigefügten Zettel von Christianes eigener Hand. Und tatsächlich teilte Kräuter ihm in dürren Zeilen mit, dass sein *Christelkind* sich mit dem Frühjahrsputz übernommen habe und nun schon mehrere Tage unpässlich sei. Dann entdeckte Goethe im Umschlag noch ein gesiegeltes Schreiben Christianes.

Goethe küsste die Enveloppe, bevor er sie öffnete. Sie schrieb, sie habe Kräutern den Brief in ihrem geliebten Garten, eine Decke um ihre Beine, in der ersten Maisonne diktiert. Doch fühle sie sich so schwach, dass sie zu mehr nicht in der Lage sei. Alles Übrige müsse sie Kräutern, August und den Bediensteten überlassen. Das Regiment über die Hauswirtschaft habe sie dem Sohn übertragen. Und der zeige sich, so hatte Kräuter für sie niedergeschrieben, vollends gewachsen.

Beim Lesen des Briefes verschwammen ihm die Zeilen. Wie sehr ihn die Haltung dieses braven Weibes bewegte! Stets hatte sie ihr eigenes Wohl hintangestellt. Und wie viel Schmutz wurde über sie ausgegossen, der eigentlich ihm galt!

Nachdem er sich eine Weile den melancholischsten Gedanken

hingegeben hatte, formulierte er, bevor er sich den anderen Schriftstücken widmete, eine Antwort an Kräuter: Er bat ihn, den Doktor erneut Egel aufsetzen zu lassen oder die Spanische Fliege – oder beides, falls dies Dr. Huschkes Ratschluss sei, dem man sich in jedem Fall unterwerfen solle. Mehr konnte er für den Moment nicht tun.

Schon dies erste Schreiben setzte Goethes Herz in Unruhe. Das nächste aber, aus der Feder des ihm treu ergebenen Hofrats Voigt, erregte ihn umso mehr: Voigt schrieb, er habe in Weimar einen Herrn ausfindig gemacht, der niemals verheiratet gewesen, die Freuden der Ehe aber gern im Herbst seines Lebens genießen wolle. Niemals sei er wegen Gewalt oder Trunkenheit aktenkundig geworden. Der jungen Ehefrau wolle er ein treuer und liebender Gatte werden und für das Kind, von wem auch immer es stamme, ein bekömmlicher Vater und Haushaltsvorstand. Es handele sich um den Hofbediensteten Johann Heinrich Jonas Dünckel, welcher derzeit die Garderobe der Großherzogin in Gotha verwalte. Die Art und Weise, wie Hofrat Voigt über die Ehe schrieb, konnte glauben machen, das Lebensglück sei nur eine Frage von Amtssiegeln. Und obwohl Goethe es besser wusste, erleichterte ihn dies ungemein.

Also beschloss er, Voigt umgehend zu antworten, dass er diesen Mann baldmöglichst kennenlernen wolle, um ihn auf seine Tauglichkeit zu prüfen. Dies sei, so formulierte er den Brief im Kopfe bereits vor, eine Angelegenheit von Angesicht zu Angesicht – *tête-à-tête*, wie er sich auszudrücken pflegte. Voigt möge ihm ein Treffen mit dem Herrn arrangieren. Dann fiel Goethes Blick auf das Postskriptum des Hofrats: Voigt ermahnte ihn, recht bald zu handeln, denn das Gerücht über ein Liebchen des Geheimrats mit einem Kind unterm Herzen breite sich in Weimar aus wie ein Stadtbrand und sorge allenthalben für Unmut. Selbst *Serenissimus* habe davon Kenntnis erhalten und ihm – Voigt – sowie auch Kanzler von Müller hochpeinliche Fragen gestellt.

Diese letzte Zeile entfachte Goethes Zorn. Er fühlte sein Vertrauen durch Florentinas Vormünderin missbraucht und beschloss, am nächsten Tag erneut nach Berka zu reisen, um die Angelegenheit endgültig zu klären.

Am folgenden Tag jedoch, in aller Frühe – Goethe hatte schon gepackt –, sandte Henris Vater, der Weinhändler Liebau, Goethe durch einen Laufburschen den Wunsch, ihn anhören zu wollen. Also ließ Goethe den Kutscher alles bereit machen, um gleich nach dem Gespräch mit Henris Vater abreisen zu können.

Der Kaufmann empfing Goethe nicht in seinem Kontor mit den mannshohen Fässern, sondern in eben dem Salon in der Beletage, wo schon seine Gattin die Begegnung gesucht hatte. Anders als zuvor war Henri diesmal nicht zugegen.

Ein hochroter Kopf und ein ansehnliches Bäuchlein wiesen den Weinhändler als einen Mann des Genusses aus. Er hatte auf demselben Sofa Platz genommen wie Henris Mutter am Vortag, eingezwängt zwischen Polsterwülste, die Beine gespreizt, die Hände im Schoß gefaltet.

Als der Geheimrat den Salon betrat, sprang Liebau auf. Mit Trippelschritten durchquerte er den Raum und reichte Goethe die Hand: «Sehr erfreut, Sie in meinem bescheidenen Domizil empfangen zu dürfen, Exzellenz.»

Der weiche Tonfall der rheinischen Mundart, den der Weinhändler trotz sächsischer Wendungen noch nicht ganz abgelegt hatte, nahm Goethe augenblicklich für ihn ein. Der Handschlag – ganz kaufmännisch – kam von Herzen. Henris Vater führte ihn zum Sofa, warf die Polster beiseite und bat ihn, Platz zu nehmen. Der Staatsminister setzte sich, ebenso wie sein Gegenüber, an den äußersten Rand desselben Möbels.

«Ich darf Ihnen zunächst», begann der Kaufmann ohne Umschweife, «für die Erhaltung meines Sohnes danken.»

Goethe beugte den Kopf und breitete die Arme aus.

«Allerdings hätte ich Henri nicht für so dumm gehalten, sein Leben für ein Frauenzimmer fortzuschmeißen», polterte Liebau hinterdrein.

Nach dieser Eröffnung wusste Goethe, dass die erste Sympathie täuschte: Das Gespräch würde sein ganzes diplomatisches Geschick erfordern.

Der Kaufmann wich Goethes Blick aus, aber die Gesichtsrötung hatte noch zugenommen. Zwischen den Sätzen benötigte Liebau Atempausen, so sehr brachte ihn das Thema auf. «Eine Verbindung meines Sohnes mit irgendeiner anderen als der von mir ausgesuchten Braut – mein Weib war so töricht, mir das anzutragen – ist schlechterdings nicht möglich. Im Einvernehmen mit ihm werde ich in nächster Zukunft ein hübsches, nützliches Mädchen aus einer guten Frankfurter Familie wählen – Ihre Heimatstadt, Exzellenz, und die meine! Sie werden sich doch nicht gegen eine Landsmännin aussprechen! Deren Mitgift und Erbe sollte sich auf mindestens hunderttausend Taler belaufen. Von diesem Kaliber sind nicht viele Mädchen in Frankfurt zu finden, doch ein paar habe ich schon in die engere Wahl gezogen.»

Goethe spürte, wie sich sein Herz zusammenzog. Seine ganze Person verhärtete sich. Was für ein widerwärtiger Standpunkt! Doch gab er dem Weinhändler Liebau weiteren Raum für seine Ausführungen.

«Sehen Sie, Exzellenz, auch in der Liebe geht es um Bewahrung. Die Vermögen unserer Familien haben die Revolution, die Kriege des Korsen und die törichte Kontinentalsperre überdauert. Wäre es nicht fatal, wenn diese über Jahrzehnte erlangte Bedeutung durch Kindsflausen über den Jordan gingen? Ach, was sage ich, *fatal* ist ein zu geringes Wort, es wäre *unerträglich*.»

«Sie fürchten, Ihr einziger Sohn könnte sein Kapital an der launischen Börse der Liebe verspielen?» Mit friedlicher Geste faltete Goethe die Hände.

Aus kleinen, verquollenen Augen beobachtete Liebau jede Bewegung des Dichters, als versuche er, dessen Hintergedanken zu erraten.

«Ein Vermögen zu erwirtschaften und zu erhalten», fuhr er dann fort, seine Sicht der Dinge zu schildern, «hat nichts mit Glück zu tun, sondern mit Fleiß und Umsicht.»

«Ein Lebensbund ist für Sie eine Frage des wirtschaftlichen Kalküls?»

Der Kaufmann beugte sich vor und lächelte spöttisch. «Schauen Sie, Exzellenz, der größte Feind der Vernunft ist das *Sentiment*. Ordnen Sie Ihre Entscheidungen dem Gefühle unter, so geben Sie Ihr Glück preis. Das Gefühl führt uns nicht zu uns selbst, zu unseren innigsten Zielen, es entfernt uns davon.»

Goethes Kehle fühlte sich trocken an. Er spürte eine unangenehme Nähe zu seinen eigenen Worten Henri gegenüber. «Liebe ist für Sie also gleichbedeutend mit Untergang?», fragte er schließlich.

Der Kaufmann verschränkte die Arme. «In jungen Jahren, und deshalb gestehe ich Henri seine Flausen ja zu, in jungen Jahren ist es wichtig, ein Gefühl für das Gefühl zu entwickeln. Die Frauen mögen es so. Mag er sich doch austoben, wie er will. In Italien hatte er hoffentlich Gelegenheit dazu. Aber wenn man gut verheiratet ist, wenn man älter wird, desto mehr möchte man doch einsehen, dass ...»

Goethe unterbrach ihn mit einer Geste. Ein Gedanke war ihm gekommen, der ihn der aussichtslosen Peinlichkeit dieses Gesprächs enthob: «Bitte, Monsieur, statt über den Kopf Ihres Sohnes, der doch der Schlüssel zu dieser Affäre ist, hinweg zu reden, möchte ich dafür plädieren, ihn zum Zeugen unseres Gesprächs – oder besser noch: zum Teilnehmer zu machen!»

«Henri?»

«Ja. Ist er nicht im Hause?»

«Doch, doch.»

«So lassen Sie ihn holen! Ich bitte darum.»

Ächzend stemmte sich der Weinhändler aus den Polstern, öffnete die Tür und gab dem Diener Anweisungen. Als Liebau zum Sofa zurückkehrte, ergriff Goethe das Wort: «Bitte verstehen Sie mich richtig, Monsieur: Ich habe stets einen hohen Preis für meine Gefühle gezahlt. Sie sind für mich keine Frage des Alters. Ich kann Ihre Ansicht nicht teilen, dass die Ökonomie Primat aller Entscheidungen sein soll. Die Vernunft soll walten, stattgegeben, doch die Ökonomie, der schnöde Gewinn?»

Bevor der Kaufmann antworten konnte, platzte Henri in den Salon. Er war außer Atem. Sogleich sprach er Goethe an: «Exzellenz, ich ahnte schon, dass Sie bald vorsprechen würden. Wieso haben Sie mich nicht unterrichtet?»

«Ich kam auf Geheiß Ihres Herrn Vaters. Ich dachte, Sie seien im Bilde.»

Mit dem Erscheinen des Sohnes legte sich der Vater eine Härte zu, die dem Gespräch wenig nützlich war. «Wir wollten uns unter Männern unterhalten. Wenn du mitreden möchtest, muss ich dich bitten, deine Neigungen vor der Tür zu lassen.»

Henri warf Goethe einen irritierten Blick zu. Der wandte sich an den Vater: «Allerdings kann die Vernunft auch dazu dienen, einem berechtigten Gefühl Geltung zu verschaffen.»

Monsieur Liebau machte ein verächtliches Geräusch.

«Ich habe dem Geheimrat lediglich dargelegt», sagte er, ohne weiter auf Goethes Äußerung einzugehen, «dass unsere Familie ökonomische Interessen verfolgt. Eine Absicht, der du dich unterordnen musst, wenn du meine Geschäfte fortführen willst.»

Henri verschränkte die Arme. «Du kennst meine Ansichten dazu.»

«So willst du also, um die Tochter irgendeines Bettelmannes zu ehelichen, unser hart erarbeitetes Vermögen aufs Spiel setzen? Das nenne ich Irrsinn, Exzellenz», setzte er, an Goethe gewandt, hinzu.

Als stünden sie vor den Schranken eines Gerichts, deutete der Weinhändler auf seinen Sohn. Es war eine abwehrende Geste, als stoße er ihn von sich.

Goethe sah, wie Henris Miene sich verschloss, und griff die Äußerung des Vaters auf: «Bettelmann? Ja, kennen Sie denn die ökonomischen Verhältnisse derer von Schwaikhofen?»

Der Kaufmann lehnte sich zurück und ließ eine Hand über die Armlehne baumeln. «Selbstverständlich. Ich habe Erkundigungen eingezogen: verarmter böhmischer Landadel. Heruntergewirtschaftete Gehöfte, magerer Viehbestand. Ein paar bewaldete Bergkuppen, eine Sägemühle dazu. Und – beinahe hätt ich's vergessen – eine Handvoll wertloser Seen.»

Henri verdrehte die Augen. «Ein Herz, ein liebender Blick, eine reine Seele – was ich begehre, lässt sich nicht in Kreuzern und Talern aufwiegen.»

Monsieur Liebau rutschte auf die Sofakante und nahm seinen Sohn in Augenschein. «Auch ein Gefühl muss überdacht werden: Reich heiratet arm, einflussreiches Stadtbürgertum bedeutungsloses Landadel ... Wer muss da noch lange überlegen?»

Entschlossen trat Henri einen weiteren Schritt auf den Geheimrat zu. Intuitiv erhob sich Goethe. «Henri?»

«Ihr seht selbst, dass es keinen Sinn hat, Exzellenz! Zu weit sind die Ansichten meines Vaters von den meinen entfernt ...»

Der Kaufmann hatte sich ebenfalls erhoben. Goethe sah, dass er die Hände zu Fäusten geschlossen hatte: Über den Hosennähten ballte sich Wut. «Du wirst gehorsam sein, sonst kann ich nicht zulassen, dass unser Vermögen in deine Hände gerät!» Des älteren Liebaus Kopf schien dem Platzen nahe.

«Meine Herren, kommen Sie doch zur Vernunft», versuchte Goethe die Wogen zu glätten.

«Die Vernunft hilft hier nicht weiter», beharrte Henri. «Das Familienvermögen ist mir gleichgültig. Ich möchte die Frau meines Herzens an meiner Seite. Und ich werde sie nach Ihrem ehrenwerten Vorbild, Exzellenz, an meine Seite holen – egal, was die Leute reden!»

Der Vater feuerte zornige Blicke auf Goethe und Henri. Dann erhob er sich schwerfällig und verließ den Salon.

Die Erfurter Angelegenheit konnte längst nicht für geklärt gelten, Henri und der Geheimrat standen gleichermaßen vor einem Scherbenhaufen, als Goethe neues Unheil ereilte. Atemlos und staubbedeckt stand der Bote im Zimmer. Das Fatale der Aufgabe war ihm ins Gesicht geschrieben. Goethe hatte eben erst das Haupt zum Mittagsschlaf niedergelegt, um Kraft für die Weiterreise zu sammeln. Er war noch nicht ganz wieder erwacht, da musste er bereits anhören, dass sein geliebtes Christelkind in der Nacht erneut schwere Anfälle des Schlagflusses erlitten hatte. Immer wieder hatte ihr Leib gekrampft, verbunden mit den heftigsten Schmerzen. Die hätten sie schließlich gegen vier Uhr in der Nacht in eine gnädige Ohnmacht entlassen, berichtete der Eilbote. Darauf sei ein todesähnlicher Schlaf gefolgt. Auf Augusts Geheiß sei schon der Priester zur Letzten Ölung bestellt gewesen.

An diesem, dem heutigen Morgen sei Christiane zwar erwacht, aber unfähig zu sprechen geblieben. Nur mit Mühe habe sie einzelne Wörter herausgebracht. Das sei der derzeitige Stand. Es falle ihr schwer, sich aufzurichten; das Bett zu verlassen sei vollends unmöglich. Niemand wisse, wie es weitergehen solle, da die Geheimrätin nicht in der Lage sei, Anweisungen zu geben. Auch der Allergnädigsten und Hochwohlgeborenen Sohn sei in einer Apathie gefangen, die jedes Handeln unmöglich mache. Den ganzen von-Goethe'schen Hausstand habe eine Lähmung befallen, die Köchin darüber hinaus das Fieber. Nicht einmal eine stärkende Suppe für die Kranke könne bereitet werden, es sei wie ein Fluch.

Noch während der Unglücksbote sprach, spürte der Angesprochene seine Glieder erstarren. Seine Seele atmete Dunkelheit. Je deutlicher ihm der Kurier die Notwendigkeit des eiligen Aufbruchs vor Augen führte, desto schwerer fiel es Goethe, sich zu bewegen. Die Lähmung seines Hausstandes hatte auch ihn befallen. Selbst als der Bote längst schwieg, war Goethe unfähig zu antworten, ja auch nur einen einzigen klaren Gedanken zu fassen.

Unschlüssig stand der Bote in der Kammer und beobachtete den Geheimrat, dessen Gesicht zur Maske erstarrt schien. Der Staatsminister wagte nicht, den Mund zu öffnen. Seine Augen hingegen standen schreckensweit offen: Wollte Gevatter Tod ihn denn nirgends in Ruhe lassen? Spürte er ihn überall auf, selbst hier in dieser gedungenen Kammer in Erfurt, in die ihn nun wahrlich der reine Zufall geführt hatte?

«Exzellenz», brachte der Bote sich stiefelschabend in Erinnerung. «Haben Euer Hochwohlgeboren Anweisungen für mich?»

Goethe hob nur den Blick, um den Jüngling zu betrachten. Er war immer noch nicht Herr über seine Gedanken.

«Soll ich ohne Sie nach Weimar zurückkehren? Haben Sie Botschaften, die ich überbringen kann?»

Da endlich erwachte der Geheimrat aus seiner Starre: «Reiten Sie, junger Freund, reiten Sie! Ich werde in der *Diligence* folgen. Ermahnen Sie alle Hausdiener und Mägde, Obacht zu haben, dass mein Christelkind die strenge Bettruhe nicht missachtet. Falls noch nicht geschehen, soll Huschke sie erneut zur Ader lassen. Und Dr. Rehberg muss unbedingt hinzugezogen werden! Sprechen Sie gleich bei Seiner Königlichen Hoheit vor, er solle ihn meiner Gattin schicken! Vor allem aber soll rasch gehandelt werden, ohne Verzug und vor meinem Eintreffen in Weimar. Warten Sie nicht länger, reiten Sie zu!»

Noch im Moment, da er die Weisung empfing, war der Bote aus der Kammer.

Einen Atemzug noch gab sich der Dichter den inneren Widerständen hin, die ihn daran hindern wollten, sich zu erheben, diese Herberge zu verlassen, anspannen zu lassen und nach Weimar zu fahren, um dem Verhängnis ins Auge zu schauen. Dann brachte er es über sich, die Füße auf die Dielen der Kammer zu stellen. Er war gewappnet, dem Tod entgegenzutreten.

Als Goethe am Abend in Weimar eintraf und die Kutsche in den gewohnten Hof fuhr – diesmal ohne Willkommen, nicht einmal sein Sohn kam zur Begrüßung hinunter –, erinnerte er sich der glücklicheren Tage unangekündigter Besuche zu jener Zeit, als ihre Liebe am zärtlichsten war. Er hatte im Jenaer Schloss zur Schreibklausur geweilt und war nur gelegentlich nach Hause gekommen. Für gewöhnlich pflegte er Christiane damals nur den ungefähren Zeitpunkt seines Erscheinens anzuzeigen. Genauer als die Zeit seines Eintreffens formulierte er die Bedingungen seines Empfangs: Die Gattin möge sich *in lieblichstem Ornat, etwa dem Schlafrock von zierlicher Spitze, den Mutter Aja dir von Frankfurt herschickte,* bereithalten.

Und stets war Christiane folgsam gewesen, hatte sich im gewünschten Habit an den gewählten Ort verfügt, war auf den ersten Blick willfährig und sanft gewesen, auf den zweiten jedoch nicht ohne Initiative. Oh, wie hatte ihn ihre Wildheit entflammt! Und indem er sie an sich band, hatte er dieses Naturgeschöpf beinahe in eine Gesellschaftspuppe verwandelt!

Wie damals, in ihren besten Tagen, wie um diese von neuem heraufzubeschwören, schlich er sich zum Tor hinaus und durch die Gartenpforte wieder herein. Kurzatmiger als damals stieg er die wenigen Stufen zu Christianes Alkoven empor. Seit einiger Zeit schon schliefen sie nicht mehr in derselben Kammer. Seine Unruhe zur Nacht, das stete Umherlaufen und Lichterentzünden vertrug sich nicht mit ihrem leichten Schlaf. Gewiss hörte sie die Stufen knarren auf der Stiege. Auch Christiane benutzte den Dienstbotenaufgang am liebsten. Die höfische Freitreppe mit dem wohlgemeinten *Salve*-Gruß auf dem Boden benutzte sie niemals.

Sein Herz klopfte. So oft war er hier hinaufgeschlichen, geräuschvoll genug, um sich anzukündigen; hatte sich an ihrer Vorfreude erzückt, an ihrem erhitzt fahrigen und doch zielstrebigen Verlangen, an der Art, wie sie ihn mit wenigen Berührungen und Augenaufschlägen dazu brachte, sich als jugendlicher Liebhaber zu fühlen, um dann als olympischer Schwan mit schweren Flügelschlägen auf ihr Laken zu sinken.

Sachte öffnete er die Tür. Das Nachtlicht brannte. Da lag Christiane. Die Augen hatte sie geschlossen, ihre Stirn glänzte feucht, Haarsträhnen klebten auf der blassen Haut.

Er trat näher; ein Dielenbrett knarrte. Ihre Augenlider öffneten sich zitternd und weiteten sich dann vor Freude. Weder hatte sie ihn gehört noch erwartet. Sie rechnete wohl mit niemandem weniger als mit ihm.

«Geliebter Gatte!», entfuhr es ihren blutleeren Lippen. «Warum haben Sie sich nicht angekündigt?»

Sie versuchte sich aufzusetzen, doch Goethe war schon heran, um sie in den Arm zu nehmen.

Sanft drückte er sie in die Kissen zurück. «Mach dir keine Umstände, Liebes!»

Christiane ließ es zu. Drehte den Kopf zur Seite. «Ich mag nicht, dass Sie mich so ausgezehrt sehen, Liebster. Wie kommen Sie überhaupt nach Weimar?»

«Kräuter hat einen Boten geschickt. Die Nachrichten waren besorgniserregend.»

Empört schüttelte Christiane den Kopf. «Gegen meinen Willen! Ich wollte Sie nicht beunruhigen.»

Unverwandt sah Goethe sie an. Er war mehr als nur beunruhigt. Der Tod hatte ihr Gesicht deutlich gezeichnet – wie im vergangenen Jahr!

«Wo ist August?», fragte Goethe, und Christiane machte eine ungewisse Geste.

«Ausgegangen. Vielleicht zur von Stein, vielleicht Fritz besuchen, ich weiß es nicht. Doch wäre es mir recht. Ihm ist bang um mich. Ich habe ihn fortgeschickt, um seine Ängste zu zerstreuen. Vielleicht hilft es ihm, sie mit dem Freund zu teilen. Und nun stehst du vor mir ...» Christiane wandte den Kopf ab, um ihre Tränen zu verbergen.

Mit dem Handrücken strich Goethe ihr über die nasse Wange. Legte ihre Locken zärtlich hinter die Ohren. Spürte ihr festes, dichtes Haar und die fiebrige Feuchte ihrer Haut: im Nacken, am Hals, am Brustansatz.

Christiane ließ es geschehen. Während er sie streichelte, klammerte sie sich an seinen Arm und zog sich hoch. «Ich habe Angst, Liebster! Das Drücken auf der Brust, die bekannten Krämpfe bis hinunter in den Leib. Wenn es wieder der Schlagfluss ist ... Ach! Noch einmal überleb ich's nicht!»

«Aber gewiss doch, mein Kind. Du bist so viel zäher, als ich es jemals war. Warte ab, du wirst mich um hundert und noch einmal hundert Jahre überleben!»

An seinem Arm zog sie sich so weit hoch, dass sie ihr Haupt an seine Schulter betten konnte; sie keuchte vor Anstrengung.

Er grub seine Nase in ihr Haar, sog ihren Geruch ein. Der war ihm Heimat seit vielen Jahren. Ohne Christiane fühlte er sich unbehaust. Wie sehr sie einander gefunden hatten, das würde die *gute Weimarische Gesellschaft*, die sich so gern die Mäuler zerriss, niemals begreifen. Absurd, dass eine Tochter der Stadt im Leumund der Bewohner weniger gut aufgehoben war als er, der Fremde, der Zugereiste – der Emporkömmling! Wohin Neid und Eifersucht doch führen konnten ...

Goethe löste sich sanft aus ihrer Umarmung. Die Zeit für das Geständnis war heran. Vor der Welt konnte er Versteck spielen, doch nicht vor der Frau, die ihn am Leben erhalten, ihm ihr treues Herz und fünf Kinder geschenkt hatte, wenn auch nur eines am Leben geblieben war.

Sie wollte sich wieder an ihn schmiegen, doch er schob sie behutsam fort. Öffnete einzeln ihre Finger, die seine Arme umklammerten. Dann bettete er sie in die Kissen. Und hob mit belegter Stimme an: «Du weißt von dem Weib, das umherläuft und von einem Kuckuckskind erzählt. Sie behauptet, dass es von mir sei ...»

«Ach. Ja. Das.»

Schwer lag das Schweigen zwischen ihnen und wollte nicht weichen.

«Sicherlich konntest du die Angelegenheit klären», ertastete Christiane das Dunkel, um das herum sie schwiegen.

Goethe senkte den Blick. «Ich kann nur sagen, dass es mir leidtut. Es hat keinerlei Bedeutung», sagte er in vollem Bewusstsein, dass Worte nicht genügen konnten.

Sie beugte sich vor und legte den Kopf erneut an seine Brust. «Sag nichts mehr. Ich kann nicht mehr tragen.»

«Es soll nichts Ungesagtes zwischen uns bleiben», beharrte Goethe.

«So glaubst du also auch, ich sterbe?», fragte Christiane unter Tränen.

Er zuckte mit den Schultern. «Niemand weiß, wann wer stirbt und warum wer überlebt. Der Tod ist ebenso launisch wie das Leben.»

Dann ließ er ihrem Kummer Raum, obwohl er am liebsten hinausgerannt wäre.

«Es ist alles in die Wege geleitet. Sorge dich nicht», sagte er schließlich mit brüchiger Stimme.

Erschöpft sank Christianes Kopf in die Kissen. Doch ihr Blick entließ den Gatten noch nicht.

«Es wird das legitime Kind eines ehrbaren Weimarer Bürgers sein», beschwichtigte Goethe sie. «Niemand wird es mit unserem Namen in Verbindung bringen.»

«Diese verfluchten *Äuglein*!», schimpfte sie.

«Ach, mein Christelkind. Du weißt doch, dass dir niemand

den Platz in meinem Herzen streitig macht. Keine Äuglein. Keine Augen. Niemals.»

Widerwillig hob sie den Kopf. Er wich ihrem Blick aus und murmelte ein stummes «Verzeih mir!».

Da erscholl von draußen eine männliche Stimme: «Bist du allein?»

Nun sah Goethe sie erschrocken an.

«Dein Sohn!», flüsterte Christiane.

«Ich kann ihm nicht begegnen», zischte Goethe. «Nicht jetzt!» Dem Frieden mit Christiane wollte er keinen Streit folgen lassen. Und schon war er zum Verschlag hinaus und auf der Stiege.

Am nächsten Tag fand er auf seinem Schreibtisch eine Nachricht des Hofrats Voigt, der ihn in seine Kanzlei bestellte. Es konnte keinen Zweifel geben, in welcher Angelegenheit, gerade weil Voigt sie dem Billett nicht anvertraut hatte. Der Geheimrat puderte seine Haare und zog den Rock über, um sich zu Fuß zur Voigt'schen Kanzlei zu begeben.

Sowohl im fürstlichen Residenzschloss wie auch in der Kanzlei des Kanzlers kannte Goethe die Nebengelasse und Schleichwege, auf denen man ungestört ans Ziel gelangte. Einige Audienzzimmer – und sogar einige der Amtsräume – konnten über verborgene Treppen und geheime, in die Wandbespannungen eingelassene Türen betreten werden. Auf diese Weise gelangte Goethe beinahe unbemerkt in die Kanzleiflucht. Dann erst ließ er sich melden. Dem Kanzleidiener musste er seinen Namen nicht vorsagen: Der Minister und dritte Mann im Staate war selbstverständlich bekannt. Doch in welch eiliger Affäre Goethe hier nicht im Hofornat, sondern in Straßenrock und *Surtout* auftrat, war nicht ersichtlich. Kurzfristig einberufene Zusammenkünfte der höchsten Diener im Staate waren keine Seltenheit und verwunderten niemanden.

Hofrat Voigt, Perückenträger wie Kanzler von Müller, ließ Goethe eintreten. Überhaupt herrschten in der Großherzoglichen Kanzlei, trotz der notwendigen Veränderungen der letzten Jahre, noch die Sitten der Zopfzeit: Schnallenschuhe waren immer noch *à la mode,* Perückenständer fanden sich auf jedem Schreibtisch, um die lästigen, kratzenden Dinger, so oft eben möglich, loszuwerden – und auf den Gängen waren Spucknäpfe aufgestellt.

Der Geheimrat war nicht überrascht, eine zweite Person in Voigts Kammer anzutreffen: einen kleinen, durch die Jahre gebeugten Mann mit blasser, beinahe durchscheinender Haut. Voigt stellte ihn als den herzoglichen Kammerdiener Jonas Dünckel vor, der Goethe durchaus hätte bekannt sein können. Seine dünnen, nur mäßig ergrauten Haare lagen – wohl mit einer Art Pomade – in Strähnen an den Kopf gedreht, um die beginnende Kahlheit zu kaschieren. Die Haarfarbe gleichmäßiger gestaltenden Puder benutzte er nicht. Im Hofamt trug er sicherlich Perücke wie alle Bediensteten.

Die Augen, die Goethe seit seinem Eintritt in die Kammer neugierig musterten, strahlten Wärme und Klugheit aus. Ein unauffälliges, doch gewiss gutmütiges Menschlein, schloss Goethe.

Nachdem Voigt die beiden einander vorgestellt hatte, wandte sich Goethe direkt an den Kammerdiener und erklärte sein Anliegen: Ein in der Stadt nicht unbekannter Mann, der aber ungenannt bleiben wollte, sei Vater eines Balges und umständehalber nicht in der Lage, den Bastard zu legitimieren – jedoch sei es ihm ein Herzensanliegen, ihn mit einem sicheren Auskommen zu versehen.

Der kleine, auf den zweiten Blick doch etwas verschlagen wirkende Hofbedienstete fragte mit maskenhaftem Gesichtsausdruck, ob man Näheres über den Kindsvater wissen dürfe. Goethe verneinte: Zwar sei ihm dieser persönlich bekannt, er jedoch ausdrücklich nicht berechtigt, das Inkognito zu lüften. Dünckel könne aber darauf zählen, dass es sich um eine ehrwürdige Persönlichkeit handle, die alle Verpflichtungen und getroffenen Vereinbarungen erfüllen werde.

Der Kammerdiener erging sich in einer Verbeugung. «Desgleichen werde ich mich befleißigen, Euer Hochwohlgeboren. Doch ein Weib und ein Kind zu erhalten bedarf bekanntlich einigen Aufwands. Weiber wollen bekleidet, Kinder genährt werden. Ich darf doch davon ausgehen, dass ich, wenn ich dem Weibe und seinem Balg die wohlfeile Fassade einer bürgerlichen Existenz errichte, auf diesen Unkosten nicht werde sitzen bleiben?»

Die Rohheit, mit der Dünckel von seinem Fleisch und Blut sprach, verletzte den Dichter. Doch war er nicht in der Lage, dies Gespräch abzubrechen oder gar Dünckels Forderungen abzulehnen. Er war schlechterdings auf dieses Subjekt angewiesen. Eine bessere Lösung war nicht in Sicht.

Der Geheimrat zeigte eine Geste, die Freigebigkeit ausdrücken sollte. Doch sie missglückte. Also sagte er: «Ich bin berechtigt, im Auftrag des Kindsvaters die Verhandlungen um die Interessen und deren Ausgleich zu führen.»

Goethe warf Voigt einen Seitenblick zu. Der war völlig ungerührt und ließ sich nichts anmerken. Wahrlich, der diskrete Hofrat war eine gute Wahl für alle unangenehmen und delikaten Missionen. Schon in den unglücklichen Angelegenheiten rund um das Ilmenauer Bergwerk hatte er Goethe unbezahlbare Dienste erwiesen – und letztlich alle Verantwortung für das Scheitern des Unternehmens auf sich genommen, obwohl Goethe einen erklecklichen Anteil daran gehabt hatte.

Der pomadierte Dünckel machte erneut eine tiefe Verbeugung in den Raum hinein, um sein Einverständnis zu signalisieren. Dann gab er seiner Miene einen mitleidheischenden Zug: «Euer Hochwohlgeboren. Ich bewohne ein bescheidenes Quartier unweit des herzoglichen Schlosses, gemeinsam mit meiner unverheirateten Schwester. Zwei weitere Hausgenossen unterzubringen und deren Mäuler zu stopfen wird eine Verdoppelung der Hauswirtschaft erfordern, sehr wahrscheinlich sogar einen Umzug in ein größeres Gebäude, ein Haus am Rande der Stadt womöglich.»

Goethe senkte die Lider. Offenbar war der Mann klug genug, die starke Verhandlungsposition zu seinem Vorteil zu nutzen.

«Um den Handel abzukürzen, mein Herr», sagte er mit hörbarem Unmut, «Wie hoch beziffern Sie Ihren Mehraufwand?»

Der Kammerdiener gab sich den Anschein, umfangreiche und komplizierte Berechnungen anzustellen. Dabei war sich Goethe sicher, dass Dünckel den zu fordernden Betrag längst auf Heller und Pfennig kalkuliert hatte.

«Ich denke, eine Rente von 60 Talern im Jahr wäre nicht zu viel verlangt. Zahlbar in zwölf Teilen am Ersten jeden Monats», tat er schließlich kund.

Goethes Miene hellte sich auf. Die geforderte Summe lag unter seinen Erwartungen. Er nutzte die Gelegenheit, seinerseits den Beutelschneider zu ärgern. «Ich bin befugt, Ihnen einen Betrag von bis zu 150 Talern jährlich auf zwanzig Jahre zuzusichern, in vollem Umfang zu Ihrer Verfügung am Tag der Taufe des Kindes, was auch der Tag Ihrer Eheschließung mit der Mutter sein wird. Da Sie aber nur 60 forderten und damit die Expensen zu bewältigen sich in der Lage sehen, sichere ich Ihnen den Jahresbetrag von 100 Talern zu, was immerhin noch um die Hälfte mehr ist, als Sie forderten. Also 2000 Taler am Tag der Hochzeit und Taufe in einer Summe für die ersten zwanzig Lebensjahre des Kindes. Und nach Vollendung weitere 1000 Taler, die einem Mädchen als Mitgift ausgezahlt werden, einem Knaben hingegen helfen sollen, ein Studium zu ergreifen. Eine Schullaufbahn soll das Kind in jedem Fall absolvieren, egal ob Mädchen oder Knabe.»

«Ein Mädchen auch?»

«Sie werden sich dafür verbürgen, mein Herr», nickte Goethe.

«Und falls», der Kammerdiener verdrehte die Augen, «was Gott verhüten möge, aber niemals auszuschließen ist – falls also dem Kind vor Vollendung des zwanzigsten Jahres etwas zustoßen sollte ...»

«... bleibt der zur Taufe ausgezahlte Betrag dennoch in Ihren Händen», vollendete Goethe den Satz.

Dünckel wollte, der Impuls war deutlich sichtbar, schon vor Freude in die Hände klatschen. Doch im letzten Moment riss er sich zusammen.

«Im Gegenzug verpflichten Sie sich, Herr Dünckel», sagte Goethe, «vollkommenes Stillschweigen über den unbekannten Vater des Kindes und die näheren Umstände Ihrer Heirat zu bewahren, selbst wenn die Mutter dessen Identität preisgeben oder sie Ihnen auf anderen Wegen bekannt werden sollte. Nach außen gelten Sie als der natürliche Vater, Punktum.»

Bereitwillig schlug Dünckel in alles ein, und der diskrete Freund und Hofrat Voigt wurde beauftragt, ein vertrauliches Schriftstück aufzusetzen, das von allen Parteien binnen hundert Tagen, auf jeden Fall aber vor der Hochzeit der schwangeren Jungfer Florentina mit dem Kammerdiener unterzeichnet werden sollte. Falls, so die letzte Bedingung, die Voigt ohne Widerspruch hinzufügte, der Balg bis dahin nicht abgegangen und seine Geburt sicher zu erwarten sei.

Dünckel schien in Gedanken nicht mehr ganz gegenwärtig. Vermutlich überschlug er bereits die Anschaffungen, die er mit Hilfe der genannten Summe tätigen konnte; besichtigte im Geiste wohl schon Gehöfte in der Weimarer Umgebung. Endlich, so las Goethe aus Dünckels Miene, schien das Schicksal diesen Mann, der seit vielen Jahren bereits eine ledige Schwester ernährte, einmal auf die Sonnenseite des Lebens stoßen zu wollen.

Als der Vertragsschluss per Handschlag besiegelt war und Dünckel sich schon empfehlen wollte, fragte Goethe ihn, ob er Näheres von seiner jungen Braut erfahren oder sie vorab der Verheiratung einmal treffen wolle. Der Hofbedienstete lehnte dies, nachdem er kurz und scheinbar irritiert überlegt hatte, welcher Nutzen daraus zu ziehen sei, mit schroffer Geste ab: «Wir werden uns zu arrangieren wissen.»

Was Goethe abermals zu dem bitteren Schluss gelangen ließ, wie unterschiedlich doch die Erwartungen der Menschen an eine Ehe sein konnten. Er wünschte, er könnte Henri auf unverfängliche Weise davon erzählen, um ihm zu zeigen, wie erbärmlich käuflich Liebe und Zuneigung sein konnten. Nicht nur in gehobenen Kreisen. Goethe war die Sache, endlich zum Abschluss gebracht, widerwärtig geworden. Der Abschied von Dünckel fiel knapp aus.

Nun, da er der Sorgen um die leidige Affäre ledig war, trieb es Goethe zurück zur kranken Gattin. Er flog die Treppen hinauf und platzte, ohne anzuklopfen, in Christianes Kammer. Sie lag wach, zeigte aber keine Regung. Die Augen waren trüb und starrten ihm, nachdem sie ihm den Kopf zugewandt hatte, entgegen. Für einen Lidschlag des Erkennens hatte sie keine Kraft mehr. Doch die Freude lag wie ein dunkler Glanz auf ihren Pupillen.

Goethe ließ sich am Rand des Bettes nieder. Christiane wollte ihm etwas zuflüstern, doch sie war zu schwach. Er führte ihre Finger an seine Lippen und küsste sie. Dann beugte er sich über sie und barg das Haupt an ihrer Schulter. Er spürte, wie sich ihr Brustkorb hob und senkte, das Ein- und Ausatmen zu unterstützen. Es war nur ein schwacher Strom. Dennoch nahm der Dichter diese Lebensäußerung als Beruhigung: Es beruhigte ihn, dass Christiane atmete, lebte, liebte. Was sollte er nur ohne ihre Liebe noch auf dieser Erde?

Sie wollte ihm etwas sagen, er spürte es an ihrem Atem, doch legte er seinen Finger auf ihre Lippen, und sie gab nach.

«Ich bin froh, dass das Schlimmste überstanden ist, mein Kind!»

Mit letzter Kraft legte Christiane den Kopf schräg, um anzudeuten, dass sie sich dessen keineswegs sicher war.

Am nächsten Morgen hatte sie etwas Kraft geschöpft und wollte zeigen, dass es bergauf ging. Von ihrer treuen Freundin Caroline Riemer ließ sie sich den Hausmantel überziehen. Christianes ehemalige Sekretärin nahm sie anders als das übrige Weimar: als natürliche Herrin dieses Hauses. Als sie behelfsmäßig ausstaffiert war, bat Christiane den Geheimrat, sie am Arm hinaus in den Garten zu führen. Zweimal schlug die Uhr am nahen Turm das Viertel, bevor sie ihn erreichten. Um diese Tageszeit war der Garten von der Sonne beschienen. An der Ostseite der Hauswand, an einer Stelle, die das Spalier ausgespart hatte, um einen Ort der Rast zu schaffen, stand eine Bank. Das Paar nahm Platz und lehnte sich an die Wand. Durch den Samtstoff seines Rockes hindurch spürte Goethe die Wärme, die das Mauerwerk den Vormittag über in sich aufgenommen hatte.

Christiane schloss die Augen. Umrahmt von ihren wirblichten Locken, reckte sie ihr Gesicht der Sonne entgegen. Ihre Rede stockte, doch konnte sie sprechen – mit schweren Lippen und schiefen Mundwinkeln. «Ich hatte solche Angst, dass ich gehen muss», gestand sie stockend.

Goethe wollte ihr verbieten, sich anzustrengen, zu viel zu reden oder sich gar aufzuregen.

Doch diesmal widersetzte sich Christiane. «Ich habe dir noch so viel zu sagen. Und ich weiß nicht, wie viel Zeit mir bleibt.»

«Alle Zeit der Welt, mein Kind!», versicherte Goethe. Allzu willig klammerte er sich an jedes noch so geringe Anzeichen der Besserung.

«Liebster Schatz, der Tod sendet mir Nachrichten. Ich spüre, dass es meine Bestimmung ist, diese Erde zu verlassen.»

«Unfug!», sagte Goethe. «Ich bin so viele Jahre älter! Es wäre doch vollkommen wider die Natur ...»

Christiane ergriff seine Hand und presste sie, dass ihm die Finger schmerzten. «Kinder sterben, sogar Säuglinge. Wir haben selbst genügend verloren.»

«Du wirst leben, Liebes! Lass nur den Doktor Huschke noch ein oder zwei Egel setzen, und du wirst sehen, auf das warme Frühjahr folgt ein heißer Sommer.»

«Der Sommer wird ohne mich folgen.»

Die Bestimmtheit ihrer Rede traf Goethe ins Herz. «Du bist niedergedrückt, weil die Krankheit in dir wütet.»

Christiane winkte ab. Sie konnte ihren Kopf kaum halten. «Ich will dich etwas fragen.»

Goethe blickte beiseite, auf den geharkten Kiesweg.

«Kannst du nun bei mir bleiben? Oder gibt es Affären, die dich zur Abreise zwingen?»

Überrascht und peinlich berührt hob er den Kopf. «Was meinst du?»

Statt eine Antwort zu geben, sah Christiane ihm lange in die Augen.

«Kannst du nun bei mir bleiben?», die Stimme erstarb Christiane.

Und jetzt verstand Goethe, was sie verschluckte, bis zum Schluss. Sie wusste, wie widerwärtig ihm alle Krankheit und erst das Sterben war.

Er musste ihrem Blick ausweichen. «Henri erwartet meine Hilfe. Ein braver junger Mann. Eine große Liebe.»

Christiane legte den Kopf auf die Seite. «Seine Liebe ist die Fortsetzung der unseren, mein Herz! Sorge dafür, dass sie gelingt. Aber verlass mich nicht. Nicht jetzt.»

Goethe schluckte. Niemals hatte er einen selbstloseren Menschen kennengelernt. Ihre Taten verspotteten das ganze elegante Weimar. Niemand hatte das Recht, über Christiane den Stab zu brechen, niemand!

«So wird es geschehen, Liebes. Ich werde Henri und Amalie beistehen, so gut es mir gelingt. Nachdem ich dir beigestanden habe.»

Christiane schloss die Augenlider. Ohne ihn anzuschauen,

sagte sie: «Ich verzeihe dir. Ich verzeihe dir alles.» Als sie die Augen wieder öffnete, standen Tränen darin. «Du sollst wissen, dass ich dich liebe und dir immer Respekt bezeugt habe. Größten Respekt und allergrößte Liebe. Und alle Tänze, die ich dir jemals schenken wollte.»

Dem König der Worte kamen keine über die Lippen. Hundertfach hatte er die Liebe besungen, doch was waren Worte angesichts dieses Schicksals? Er ergriff ihre Hände, die kraftlos im Schoß lagen, und sah ihr geradeaus ins Gesicht. Dankbar und zärtlich.

Christiane lächelte: so scheu und gleichzeitig so wild. Goethe wusste, warum er sich in diese Frau verliebt hatte, spürte es, wie er es vom ersten Tag an gespürt hatte.

«Du bist unruhig», sagte Christiane.

Da nahm Goethe ihre Hand und streichelte sie zärtlich. «Ich werde bei dir bleiben.»

Die Maitage verflossen ohne Besserung. Als Christiane vor Schmerzen zu schreien begann, hielt Goethe es nicht mehr aus. Er zog sich, soweit dies unter einem Dach ging, zurück. Vergrub sich in Arbeit. Und verbarrikadierte sich im Schloss der glücklichen Erinnerungen. Er wusste, dass Christiane von ihren engsten Freundinnen umgeben war. Sie war nicht allein. Und er war – seinem Versprechen gemäß – in ihrer Nähe. So nah er das Sterben ertragen konnte.

Am Abend des 6. Juno 1816 schließlich vermeldete ihm August, dass Christiane Friederike Geheimrätin von Goethe, geborene Vulpiussin, am Mittag hinübergegangen war. Goethe schickte, nein, schrie den Sohn hinaus. Er konnte den Schmerz nur allein ertragen. Er kramte in seinen Papieren. In der leichten Reisetasche, die über dem Stuhl hing, steckten einige Briefe. Er zog sie heraus und strich mit den Fingern darüber, als handele es sich nicht um beschriebenes Papier, sondern um Christianes Haut. Sie war ihm

Halt, Schwester, Geliebte und Gattin gewesen. Niemand konnte ihren Platz einnehmen. Niemals wieder wäre ein Mensch dazu in der Lage.

Wieder und wieder las er ihre Worte, bis ihm die Hände so sehr zitterten, dass er das Papier auf die Bettdecke sinken ließ. Dann ergab er sich den Tränen.

Als er sich wieder gefasst hatte, entkleidete er sich und legte sich aufs Bett. Am Abend gab es in der Stadt – anlässlich eines offiziellen Anlasses lange geplant – ein Feuerwerk. Weimar erstrahlte in tausend Lichtern, obwohl sich Christianes Tod längst herumgesprochen hatte. Ein ironischer Abgesang auf eine illustre Frau. Der Kleinstadt war ein ewiger Skandal abhandengekommen. Goethe erhob sich, um am Fenster die Illumination zu betrachten. Doch noch während er die Lichter beschaute, holte ihn der Jammer ein. In vier Versen drückte er all seinen Kummer aus:

Du versuchst, o Sonne, vergebens,
Durch die düstren Wolken zu scheinen!
Der ganze Gewinn meines Lebens
Ist, ihren Verlust zu beweinen.

Am Vormittag des dritten Tages nach dem Ableben der Gattin verließ der Geheimrat erstmals seine Kammer.

Der Leichnam war bereits aus dem Haus. Das Poltern der Totenfuhre hatte er noch im Ohr. Ebenso das gedämpfte Murmeln der endlosen Reihe der Kondolierenden, das Scharren der Sohlen im Treppenhaus, das Tickern und Tacken der Stockspitzen auf den Dielen.

Nun war die Residenz am Frauenplan verwaist. Das Kondolenzbuch lag noch auf dem Stehpult im Erdgeschoss des Vestibüls. Goethe klappte es auf, überflog die Namen, blätterte beiläufig Seite um Seite, Freunde erschienen vor seinem geistigen Auge, auch Hofschranzen, doch angesichts des letzten Namens in der langen Liste stutzte er. In dünner, unruhiger Linie stand da: Ottilie von Pogwisch.

Goethe stieß Luft durch die Nase. Dann schritt er über die flachen Stufen des Haupttreppenhauses hinauf, trat über das *Salve*-Mosaik und die Schwelle in sein Arbeitszimmer. Sein Sekretär, das Hauptmöbel in diesem Raum, quoll über von Briefen, Zetteln und Umschlägen. Auch Hofakten, der baldigen Bearbeitung harrend, waren darunter. Weder Kräuter noch John hatten es bewältigt, Ordnung in die Papiere zu bringen. Der Tod der Dame des Hauses war ein Erdrutsch für alle, die es bewohnten.

Mit einem Seufzen ließ Goethe sich nieder und begann. Er hatte die Schriftsachen noch nicht zur Hälfte gesichtet, da klopfte es an der Tür.

Der Geheimrat rief herein, Sohn August trat ins Zimmer. Ohne sich von der verschlossenen Miene des Vaters abschrecken zu lassen, zog er einen Stuhl heran und setzte sich neben ihn.

Goethe sah ihn an. Die Trauer um die Mutter hatte Augusts fein geschnittenes Gesicht fahl und schmal gemacht. In dunklen Höhlen lagen die Augen. Der Schmerz des Sohnes spiegelte seinen eigenen. Er wandte sich ab und fuhr fort, die Briefe zu sortieren. Einige Stapel lagen vor ihm auf der Tischplatte, in der Hand hielt er weitere unsortierte Schriftstücke, noch mehr auf dem Schoß.

Nachdem August ihm eine Weile zugeschaut hatte, sprach er ihn an. «Warum haben Sie sich nicht eher gezeigt?»

«Ich hatte wichtige Affären zu regeln.»

«Wichtiger als der Tod Ihres Eheweibs?»

«Ich bin dir keine Rechenschaft schuldig, mein Sohn», sagte Goethe, ohne aufzusehen. «Ich danke dir, dass du deine Pflichten – und auch einen Teil der meinen – versehen hast. Recht ordentlich sogar, soweit ich das beurteilen kann.»

«Es freut mich stets, meinem Herrn Vater dienstbar zu sein», sagte August ohne Ironie.

Reglos erwiderte Goethe: «Ich habe gesehen, dass Ottilie von Pogwisch, ganz gegen ihre Art und – soweit ich weiß – zum ersten Mal, einen Fuß über unsere Schwelle gesetzt hat. Vermutlich sogar beide Füße, denn ihre Unterschrift findet sich auf der letzten Seite des Kondolenzbuches. Und sie wird sie ja nicht einbeinig geleistet haben ...» Er lächelte in sich hinein und wusste, dass er August damit provozierte.

Der sah ihn aus leeren Augen an. «Für den Verlust, den wir erlitten haben, sind Sie erschreckend gut gelaunt, Vater», beschwerte er sich.

«Das Leben endet mit dem Tod. So ist es nun einmal. Und du», setzte Goethe nach kurzer Pause hinzu, «scheinst der Erste zu sein, der einen Nutzen aus deiner Mutter Fortgang zieht.»

August zog die Augenbrauen zusammen. «Wie meinen?»

«Gehe ich recht in der Annahme, dass du dich mit dem Gedanken trägst, um die Hand der Ottilie von Pogwisch anzuhalten?»

Nun war es August, der Goethes Blick auswich. Er suchte nach Worten: «Sie haben recht. Es ist sogar schon geschehen. Ich wollte Sie um Erlaubnis bitten, doch waren Sie ...»

«Eilig hast du es!», fiel Goethe ihm ins Wort. «Hat sie eingewilligt?»

August nickte. «Unter Bedingungen. Darüber wollte ich mit Ihnen reden, Vater.»

«Fein.» Nun hob sich Goethes Laune tatsächlich. Ottilie war eine etwas hochnäsige, doch durchaus intelligente und praktisch veranlagte junge Frau. Hübsch zudem, eine Zierde für sein Haus. Eine Hauptsorge des Geheimrats, aufgeworfen durch Christianes Tod, wäre mit dieser Verbindung gelöst: Wer nach ihr an der Spitze der Hauswirtschaft stünde.

«Aus Gründen der Höflichkeit werdet ihr das Ende des Trauerjahrs abwarten, nicht wahr?»

August nickte. «Selbstverständlich. Auch dies gehört zu den Bedingungen derer von Pogwisch. Am liebsten würden sie warten, bis jedes Andenken an Mutter ausgelöscht ist.» Er presste die Lippen zusammen.

«Das wird niemals geschehen», sagte Goethe, der sich abgewandt hatte und sich wieder dem Sortieren widmete, um seine innere Bewegtheit zu verbergen.

Stur blieb der Sohn sitzen. «Um die Beerdigung habe ich mich bereits gekümmert», sagte er dann. «Auch habe ich über das Ableben meiner Frau Mutter informiert. In persönlichen Schreiben wie auch in einer Bekanntmachung für alle Bürgerinnen und Bürger der Stadt.»

«Gut getan, mein Sohn!», sagte Goethe. «Du hast bewiesen, dass du Herr in diesem Hause sein könntest.»

«Dass ich es nicht bin, machen Sie mir oft genug deutlich.»

Goethe sah auf. «Was meinst du?»

«Wenn allen Weimarern ein Gerücht zu Ohren kommt, so kommt es auch mir zu Ohren.» Die erlittene Kränkung war nicht zu überhören.

«Ich weiß, worauf du anspielst», sagte Goethe. Nach einem kurzen Zögern erklärte er: «Es ist alles geregelt. Du musst dir keine Sorgen machen. Du bist nicht betroffen.»

«Wie soll ich nicht betroffen sein, wenn Kinder geboren werden, die meinen Ruf schädigen, weil sie Bastarde meines Vaters sind?»

Goethe schleuderte die Briefe auf den Sekretär, erhob sich und stemmte seine Fäuste auf die Platte. Die Schriftstücke, die auf seinem Schoß gelegen hatten, ergossen sich über die Dielen.

«Du erlaubst dir, zu moralisieren und mir Vorwürfe zu machen! Dich gemein zu machen mit den Pharisäern? Mit welchem Recht?»

August krümmte den Rücken und suchte Deckung auf seinem Stuhl. «Mit dem Recht des Sohnes auf die Unbescholtenheit seines berühmten Vaters.»

Goethe trat einen Schritt näher. «Was wagst du, mein Handeln zu beurteilen!»

Eingeschüchtert von der Wut des Vaters, erhob sich August. An Körperlänge war er ihm ebenbürtig.

«Du erlaubtest dir», mahnte Goethe, «kaum dass deine Mutter tot war, einer Dame die Ehe anzutragen, die die Tote stets verachtete. Hast die erste Chance ergriffen, deinen Stand zu festigen. Einen Stand im Übrigen, den du allein mir verdankst. Woher also nimmst du das Recht, mir Vorhaltungen zu machen?»

August setzte sich wieder.

«Ich wollte nur hören, ob wir etwas zu erwarten haben», erwiderte er kleinlaut. «Um zu vermeiden, dass meine Verbindung mit Ottilie aus dem Hinterhalt unter Beschuss genommen wird.»

«Es gibt keinen Hinterhalt, mein Lieber. Nur offenes Gelände. Dafür habe ich gesorgt. Du kannst dich unbekümmert unter das Adelskleid flüchten.»

August rümpfte die Nase. «Ich flüchte nicht. Aber ich kenne jemanden, der floh, als seine Frau im Sterben lag.»

«Ich glaube», sagte Goethe mit nur schwerlich unterdrücktem Zorn, «du solltest mich jetzt lieber meinen Amtsgeschäften überlassen.»

August nickte. «Ich werde Sie morgen mit den Details der Trauerfeier vertraut machen. In der Hoffnung, dass Sie alles schätzen, was ich arrangiert habe.»

«Sicherlich werde ich es schätzen, mein Sohn, sicherlich.»

August erhob sich und suchte mit tastenden Schritten, als habe er noch etwas zu sagen vergessen, den Weg hinaus. Und Goethe bedauerte bitterlich, dass sein Sohn weniger mutig war als Henri, seine Liebe auf eigenen Füßen und gegen alle Widerstände zu suchen. Es war die einzig denkbare Weise.

Dritter Teil

Die folgenden Wochen waren gezeichnet von Christianes Tod. Die verstorbene Geheimrätin war die Sonne in Goethes häuslichem Universum gewesen – und eine zweite gab es nicht. Die Sekretäre und Diener konnte der Geheimrat selbst dirigieren, doch was war mit Köchin, Magd, Kutscher und Gärtner?

Die beiden Herren des Hausstands, August und Goethe, mussten sich öfter, als ihnen lieb war, zusammenraufen, um die Angelegenheiten des Alltags zu regeln. Und August, das entging Goethe nicht, bewährte sich. Das weckte nicht nur positive Gefühle in den Untiefen des väterlichen Gemüts.

Gerade zum rechten Zeitpunkt, als sie wieder einmal im Streit auseinandergegangen waren, erreichte Goethe ein offenbar in Eile hingeworfener Zettel:

> Helfen Sie, in Gottes Namen!
> In aufrichtiger Liebe, Henri

Goethe konnte der Versuchung, sich in die Pose des Helden zu werfen, nicht widerstehen. Kurz entschlossen ließ er anspannen und betrat zwei Stunden später das Erfurter Anwesen. Er fragte nach Henri und erhielt die Auskunft, der sei außer Haus. Schon wollte der Staatsminister wieder nach Weimar zurück, da sprang ein Knecht vor die *Diligence*. Man holte Goethe aus der Kutsche, und wie ein Staffelstab wanderte er vom Knecht zum Diener, der ihm Hut und Überrock aus den Händen riss, bis zum Hausmarschall, der ihn hinauf in den ersten Stock und dann in den Salon führte.

Kaum war Goethe im Raum, stürzte sich der Weinhändler mit hochrotem Kopf auf ihn, während Madame auf dem Sofa verharrte, das Gesicht in den Händen, ein Polster auf dem Schoß. Zu einer die Höflichkeit wahrenden Begrüßung, oder gar dem Witwer gewordenen Geheimrat zu kondolieren, war sie nicht in der Lage. Die Trauer schüttelte ihren Körper. Und als sie die Hände endlich sinken ließ, verblüffte die Farbpalette: vom blassesten Weiß der Wangen zum tiefsten Rot um die Augen. Schärfer konnte der Kontrast kaum sein. Tod stand neben Leben, Leben neben Tod. Hatte Henri sein heilloses Vorhaben doch noch in die Tat gesetzt?, fragte sich Goethe besorgt.

Immerhin, der Weinhändler war voller Leben. Mit gerötetem Gesicht stand er vor dem Geheimrat: «Sie waren es, der unserem Jungen die Flausen in den Kopf gesetzt hat, Euer Hochwohlgeboren! Also werden Sie ihm auch hinterherreisen und ihn zur Vernunft bringen!»

«Hinterherreisen? Aber wohin denn?», seufzte Goethe.

«Ins Karlsbad, er ist heute überraschend aufgebrochen. Dort wartet sein unseliges Liebchen. Er möchte es entführen oder umbringen oder ehelichen – welche Dummheit auch immer die größte sein mag. Ich möchte es mir nicht ausmalen. Das, Exzellenz, ist Euer Metier.»

Die Mutter schluchzte auf: «Holen Sie mir meinen Sohn zurück, bevor er einen Fehler begeht, den er seinen Lebtag bereuen wird!»

Der Kaufmann zerzauste sich die wenigen Haare und lief im Salon auf und ab.

«Ich kann nicht ins Bad reisen», sagte Goethe. «Ich habe eigene Verpflichtungen.»

«Sie müssen!» Die Mutter schrie beinahe. «Henri verehrt Sie! Sie allein können ihn zur Vernunft bringen, Exzellenz!» Sie ergriff Goethes Hände. «Henri fühlte sich so gut aufgenommen bei Ihnen. Er berichtete nur in den besten Worten von der Frau Geheimrätin ... Gott sei ihrer Seele gnädig!» Sie sah dem Dichter tief in die Augen.

Goethe schwieg. Allein die flüchtige Erwähnung Christianes hatte die Trauer wieder heraufbeschworen.

Madame Liebau stand ihm unmittelbar gegenüber. Die Blässe ihrer Wangen war einer lebendigeren Farbe gewichen. In ihrem Gesichtsausdruck las er Bewunderung, doch wusste er nicht, wofür. Erst die folgenden Worte entblößten ihre Gedanken: «Es ist so wunderbar, Exzellenz, dass Sie für ein neues Verhältnis von Mann und Weib eintreten, ein Verhältnis, in dem die Liebe in ihr Recht gesetzt wird ...»

«Dichterflausen!», mischte sich der Weinhändler ein. «Die Liebe ist ein schöner Spaß, doch nichts, worauf man sein Leben bauen kann. Zu brüchig als Fundament!»

Goethe spürte, wie Madame Liebau ihren Griff verstärkte. Immer noch hielt sie seine Hände. «Die Liebe *ist* das Leben, nicht wahr, Exzellenz? Ohne sie gibt es nichts, worauf man bauen kann ...»

«Grund und Boden? Wechsel? Geschäftsbeziehungen?», warf der Gatte ein.

Mit einer Handbewegung schob Madame Liebau all dies beiseite. «Ein goldenes Nichts.»

«Von dem wir Ihre Austern zum Frühstück bezahlen, werte Gattin!»

«Es geht ohne», sagte Madame Liebau trocken.

Goethes Herz folgte den Worten der Kaufmannsgattin. Natürlich kannte sie die Geschichte seiner Liebe zu Christiane, eine schiere Unmöglichkeit der Verbindung, der er mit aller Kraft und seinen ganzen Ruf aufs Spiel setzend ins Leben geholfen hatte. Aber gewiss hatte Goethe auch Honorare kalkuliert, Grundstücke erworben und mit Gewinn wieder veräußert, Tantiemen veranschlagt, Renten verhandelt. Der Geheimrat war in beiden Sphären zu Hause. Er hatte sich eingerichtet zwischen Hof und Kunstherrlichkeit, zwischen Mammon und Muße.

Erneut spürte er den Griff der Hausherrin. Sie verstärkte den Druck, bevor sie seine Hände endlich entließ. Ohne jede Gegenkraft fielen sie an Goethes Hosennähte. Die Liebe allein garantierte kein Auskommen. Und doch – waren die Bedingungen für Amalie und Henri nicht ideal? Hatten sie nicht alles, um glücklich zu werden? Das väterliche Vermögen, die mütterliche Einsicht, den Stand und den Titel der Braut? Einen so wohlfeilen Start hatten Christiane und er nicht gehabt ...

«Was stehen Sie so romantisch in der Gegend herum, Exzellenz?», riss der Kaufmann ihn aus seinen Gedanken. «Reisen Sie! Eilen Sie Henri zu Hilfe, und lösen Sie das Dilemma, das Sie angerichtet haben!»

Goethes Blicke suchten Hilfe bei Madame. Doch die bestätigte nur die Worte ihres Gatten: «Schauen Sie, ob Sie Henri zur Vernunft bringen können! Damit er einen akzeptablen Weg findet. Sonst, Exzellenz, wird er alles verlieren.»

Der Weinhändler nickte. «Wenn er nicht gehorcht, werde ich ihn enterben. Dann hat er keinerlei Anspruch mehr, weder auf unsere elterliche Liebe noch auf unser Vermögen.»

Flehend rang die Gattin die Hände. «Helfen Sie ihm, seine Liebe zu retten – und sein Leben zu erhalten.»

Goethe wich einen Schritt zurück, zum Ausgang hin, doch dem Paar zugewandt.

«Monsieur, Madame», sprach er mit einem Kopfnicken. «Ich werde versuchen, mit Ihrem Sohn zu reden. Doch für Erfolg garantieren kann ich nicht.» Warum auch sollte ich ihn zur Vernunft bringen?, dachte er fortwährend, wo er doch aus freiem Willen die Unvernunft zu seinem Wegweiser erwählt hatte.

Die Mutter senkte den Kopf und sah zu Boden. «Sie sind unsere letzte Hoffnung, Exzellenz!»

«Leider!», ergänzte der Weinhändler und warf dem Gast zum Abschied einen abschätzigen Blick zu.

Am liebsten hätte Goethe sich an seinen Schreibtisch geflüchtet und diese ganze unselige Geschichte niedergeschrieben. Doch, allein, es fehlte die Zeit. Er hatte zu reisen. Ins Karlsbad. Und indem er an diesen abgeschiedenen und dennoch lebendigen Ort dachte, fasste er plötzlich neuen Lebensmut.

Anders als noch vor ein paar Wochen, mit Wehmut statt der erwartungsvollen Gefühle des Jahresbeginns, reiste er am Vormittag des nächsten Tages in der eigenen Kutsche nach Karlsbad. Dass sich Henri im Affekt ohne ihn auf den Weg gemacht hatte, beunruhigte Goethe zutiefst. Er kannte die Entschlossenheit des jungen Mannes. Der war imstande, sich zu duellieren, sollte Amaliens Verlobter am Ort sein!

Kaum war Goethe im Bade angekommen, stürzte ungerufen Henri in die Dachkammer, um den Geheimrat zu umarmen. Doch der schreckte angesichts der heftigen Gefühlswallung zurück.

Henri hielt inne. Seine Augenränder waren gerötet: «Seien Sie meines größten Beileids versichert. Ich kann ermessen, welchen Verlust Sie erfahren haben – und so unerwartet! Selten habe ich ein auf derart natürliche Weise liebreizendes Wesen kennengelernt.»

«Liebe und Tod», flüsterte Goethe unheilvoll und starrte den jungen Mann aus leeren Augen an.

«Ich weiß es zu schätzen, dass Sie all Ihre Verpflichtungen, gerade in dieser schwierigen Zeit, zurückgelassen haben, um ...», setzte Henri an.

Goethe unterbrach ihn mit einer Geste. «Ich habe es Christiane auf dem Sterbebett versprochen. Sie war wie vernarrt in Ihrer beider Geschichte.»

«Was für eine herzensgute Frau!»

Goethe wollte das Thema rasch umgehen. «Was drängt so sehr zur Eile?»

«Die Ereignisse haben sich beschleunigt.»

«In welcher Weise?»

«Amaliens Vater ist in Karlsbad», begann Henri atemlos. «Ein Eisenbesen, der mehr im Gestern als im Heute lebt. Der Verlobte ist – ein Glück – fortgeblieben. Vielleicht sind ihm Gerüchte zu Ohren gelangt ... Wie auch immer, ich werde heute Abend anlässlich des Maskenballes der Lubomirska um Amaliens Hand anhalten.»

«Und Ihre eignen Eltern?»

«Ich bin frei», sagte Henri schulterzuckend.

«Frei und mittellos», erinnerte ihn Goethe nüchtern.

«Die Liebe ersetzt die Mittel.»

Goethe kniff die Lippen zusammen und verbot sich das Kopfschütteln. Was sollte man sagen? Es war das *Werther*-Alter. Jedes Wort verschwendeter Atem.

«Werden Exzellenz zugegen sein auf dem Ball?»

Verständnislos schüttelte Goethe den Kopf. «Bei aller Zuneigung, ich bin in Trauer!»

Henri fiel vor ihm auf die Knie. «Ich bitte Sie, Exzellenz, allein um das Andenken Ihrer Frau zu ehren, der die Liebe das höchste Gut war: Kommen Sie, unterstützen Sie mein Begehr! Ihre Stimme hat Gewicht. Napoleon schenkte Ihnen Gehör! Der Kaiserin von Österreich haben Sie Geburtstagslieder gedichtet! Sie allein können die Verbohrtheit der kleinen Geister durchbrechen, denn Sie sind ein großer!»

Goethe verzweifelte beinahe über die jugendliche Ignoranz.

«Amalie bittet ebenfalls darum!», fügte Henri hinzu. «Sie glaubt fest daran, dass Sie der Einzige sind, der den gordischen Knoten zu durchschlagen vermag!»

Goethe überlegte noch einen Moment. Dachte an das Versprechen, das er Christiane gegeben hatte. Dann willigte er ein, obschon er nicht wusste, wie er Henris Hoffnung erfüllen sollte.

In seiner Not offenbarte er sich der Wirtin. «Madame Luzia», begann er, als er sie am Fuße der Treppe aufsuchte, «Sie sehen mich in tiefster Verlegenheit.»

Die Wirtin hob eine Augenbraue.

«Angesichts drängender Pflichten muss ich die Redoute der Gräfin Lubomirska aufsuchen. Nicht um des Vergnügens willen, sondern um wichtige Dinge, die in Schieflage geraten sind, geradezurücken. Wie Sie vielleicht wissen, handelt es sich um eine *Fête aux Masques*. Ich benötige also eine Maske, die meine Identität sicher verbirgt. Sie wissen, dass ich in Trauer bin ...»

Die Wirtin lächelte vieldeutig, was Goethe ahnen ließ, dass sie nicht zum ersten Mal als Vertraute in delikaten Angelegenheiten hinzugezogen wurde.

«Ich glaube, ich habe die richtige Maskerade für Euer Exzellenz», sagte sie mit einem Unterton, den Goethe nicht zu deuten wusste. «Geben Sie mir ein wenig Zeit, ich hole sie vom Boden.»

Goethe nickte und räusperte sich deutlich hörbar, als die Wirtin beinahe schon aus dem Raum hinaus war: «Was werde ich denn vorstellen?»

«Lasst Euch überraschen, Exzellenz!»

Goethe ging hinauf in seine Kammer und harrte dort aus, bis die Wirtin an die Tür pochte. Als er öffnete, hielt sie ihm einen Stoffballen hin, der ausschließlich aus schwarzer Seide zu bestehen schien. Dazu ein Dreispitz als Kopfbedeckung, ein Zierdegen an einem silberblechernen Gehänge, Pluderhosen in durchbrochenem Seidenstoff, einem Gemälde aus der Zeit des Dreißigjährigen Krieges entsprungen. Das Glänzende gefiel Goethe. Er hielt sich die schwarzen Fetzen an, die nach Lavendel dufteten, um die Motten fernzuhalten. Sein Blick wurde ernst und ernster.

«Was habt Ihr, Exzellenz?», fragte Madame Luzia.

«Ich ahne allmählich, wessen Larve dies Kostüm vorstellen soll ...»

Mit einer Kopfbewegung forderte ihn die Wirtin auf, seiner Vermutung Worte zu verleihen.

«Es ist Charon», sagte Goethe düster, «der Fährmann des Todes.»

«Sagte ich nicht, dass es passend ist?» Die Wirtin lachte kurz auf.

Goethe besah sich den schwarzen Stoff. «Woher haben Sie dies?»

«Ein Herr auf der Durchreise hat es hinterlassen. ‹Geben Sie es, wem immer es nützen mag›, sagte er zum Abschied.»

«In der Tat, mir nützt es. Und jagt mir doch Schauer über den Rücken.»

Mit unschuldigem Lächeln reichte ihm die Wirtin eine Maske, die, passend zur Kleidung, ein Gesicht ohne Augen darstellte. Dazu erklärte sie: «Der Tod sieht niemanden. Charon befördert jeden über den Totenfluss, ohne Ansehen des Standes oder der Person.»

Feierlich nahm Goethe die Maske in die Hände und tastete über den mit Stoff überzogenen Gips. Nirgends waren auch nur schmale Schlitze als Gucklöcher vorgesehen. «Wie soll ich blind durch eine Menschenmenge gehen? Wie soll ich tanzen oder Gespräche führen, wenn ich nichts sehe?»

«Setzt sie nur auf!» Eine Kerze beschien das Gesicht der Wirtin, und als eine Windböe in die Kammer fuhr, gab ihr das Flackern einen diabolischen Ausdruck. War sie mehr als nur die Wirtin der *Drei Mohren*? War sie in einen ominösen Bund initiiert? Oder sah Goethe – durch Christianes Tod aus der Bahn geworfen – Gespenster?

Er drehte die Maske in den Händen. Dieses Accessoire würde ihn blind machen – und was noch? Zögernd setzte er sie auf.

Der Erbauer dieses Requisits war offenbar ein Künstler der schwarzen Magie. Irgendetwas hatte er, für alle Welt unsichtbar, angebracht, das Goethe durch die augenlose Maske hindurch sehend machte. Nicht nur hatte er das Gefühl, keineswegs in seinem Sichtfeld eingeschränkt zu sein, nein, er vermeinte sogar mehr sehen zu können als ohne die Maske. Auf geheimnisvolle Weise schien sie sein Sichtfeld zu erweitern.

Ohne den Kopf zu senken, konnte er die Wirtin an den schwarzen Seidenfetzen nesteln sehen, die um seinen unteren Leib hingen. Undeutlich plauderte sie vor sich hin. Es klang, als murmele sie Zaubersprüche.

«Teufel auch», rief er und riss sich die Maske vom Kopf.

Jetzt entdeckte er Nadeln in ihrem Mund, die das Sprechen nahezu unmöglich machten und das Gemurmel hervorbrachten. Gelegentlich zog sie die eine oder andere zwischen ihren Lippen hervor und befestigte sie in dem Kostüm. Goethe begriff, was sie tat: Sie steckte den Saum ab, um das Kleid passend zu machen.

Er ließ sie nesteln und setzte die Maske wieder auf. Schaute bald hierhin, bald dorthin, um deren Möglichkeiten zu erkunden. Auf unbekannte Weise lenkte die Maske seine Blicke in die hintersten Winkel der Stube, ohne dass er sich von der Stelle bewegt hätte. Mit diesem Stück fühlte er sich in der Tat gewappnet für den Ball. Und einen weiteren Effekt besaß das magische *Accessoire* für den Geheimrat: Die schwarzen Gedanken an Christianes Tod waren wie weggeblasen. Er fühlte sich in die Lage versetzt, die Seele der verstorbenen Gattin jederzeit aufzusuchen – wenn er es nur wollte.

Um die Zeit bis zum Abend zu verkürzen, suchte Goethe den Sprudel und die Kurpavillons auf. Die Arme auf dem Rücken, blieb er vor der hölzernen Seitenwand des Kreuzpavillons stehen, die mittlerweile beinahe vollständig mit Gästenamen tapeziert war. Dass der Höhepunkt der Saison nahte, war an der Zahl pittoresker Besucher abzulesen: Weltreisende und Wunderheiler, Hallodris und Herrscher, Maestros und Magnetiseure. Auf der Promenade konnte man dem russischen Zaren und der Habsburgerkaiserin von Angesicht zu Angesicht begegnen. Prominenter noch als diese beiden war die verwitwete polnische Großfürstin Elżbieta Izabela Lubomirska. Als Goethe den Namen der Gastgeberin des Maskenballs auf der Kurliste entdeckte, hüpfte sein Herz wie das eines jungen Mannes. Seine Erinnerung an ihr letztes Treffen wartete mit einem grandiosen Porträt auf. Von höchstem schlesischen Adel, ausgestattet mit der Grandezza des vergangenen Jahrhunderts, die Perücke in atemberaubende Höhe toupiert, die Wangen gerötet, als sei sie eben von einem Ball der Marie-Antoinette zurückgekehrt. Die französische Königin und ihre Feste hatte sie inzwischen allerdings um mehr als zwanzig Jahre überlebt. Und als Marie-Antoinette unters Fallbeil geriet, beherbergte *La Lubomirska*, wie man sie überall auf dem Kontinent nannte, geflohene Adlige. Aus dem revolutionären Frankreich exilierten Baronen gab sie in ihrem schlesischen Schloss ebenso Unterschlupf wie talentierten Künstlern. Die Malerei förderte sie ebenso wie die Kunst des Briefromans und die Architektur. Vor allem aber liebte sie es, rauschende Feste zu feiern. Und eine Dame von ihrem Ruf ließe sich auch in Karlsbad nicht lumpen. Zu Ehren ihres 80. Geburtstags hatte sie die größten verfügbaren Festsäle der Stadt gemietet: den Sächsischen *und* den Böhmischen Saal.

Auf der Suche nach den tanzwütigen Fräuleins – allein aus Gewohnheit, denn natürlich würde er nicht tanzen! – folgte Goethe der Liste und stieß auf zwei weitere Namen, die ihn, gelinde gesagt, überraschten. *Monsieur und Madame Liebau d'Erfurt* stand dort in geschwungener Schrift. Ihre Anwesenheit war sichtbares Zeichen des Misstrauens und gab Goethe einen Stich ins Herz. Missgelaunt wandte er sich von der Badeliste ab und strebte der Promenade zu. Vor dem Balle wollte er sich noch rasieren lassen.

Der Sächsische Saal war am äußersten Ende der Stadt als Abschluss der Kurpromenade an einer beinahe rechtwinkligen Kehre des Flüsschens Tepla gelegen. Wer noch prächtigere Festlichkeiten erstrebte, musste dem Sächsischen noch den Böhmischen Saal anschließen. So wie Sachsen und Böhmen Seite an Seite durch die Jahrhunderte gingen, bildeten diese Säle gemeinsam ein großes L, das sich an den Lauf des Flüsschens schmiegte. Als Goethe über die Trittbretter der Kutsche auf den Kies trat, wehten einzelne Fetzen Musik zu ihm herüber. Die Maske schien ihm mehr als gute Dienste zu leisten: Obwohl die Dämmerung schon über das Teplatal hereingebrochen war, konnte er sich orientieren wie am lichten Tag.

Der Eindruck, den Goethe offenbar auf die Passanten machte, war allerdings verstörend: Man wich vor ihm zurück, sobald man seiner Maske ansichtig wurde. Niemand wollte in das blicklose Gesicht des finsteren Fährmanns schauen. Sicherlich war es, so dachte er, dämonisch anzusehen, wie er scheinbar vollkommen blind, aber doch mit traumwandlerischer Sicherheit über den Kies schritt. Der Wind fuhr Goethe in die Kleidung und verwandelte sein Schreiten in ein Schweben. Derart mit Flügeln und Aura versehen, näherte er sich dem Eingang zum Sächsischen Saal.

Dort entrichtete er das Kost- und Lichtergeld sowie die Gaben für die Musiker. Auch die Freigebigkeit einer Lubomirska kannte Grenzen.

Auf der Treppe des Vestibüls strömten ihm Gestalten der Sagen- und Märchenwelt entgegen: Faune, Feen, Waldgeister und Quellnymphen, Jupiter und Ariadne, Dryaden und Bacchanten. Aber auch Ritter und Musketiere, Hirtenmädchen und Vogelhändler – als habe ein Theaterschreiber von Shakespeares Range seine Phantasie über die Treppenstufen gegossen. Und die Maske schien dieses Bestiarium in besonderer Weise zum Leben zu erwecken. Goethe meinte, Tier- und Urlaute zu vernehmen.

Zielsicher strebte er dem Saal entgegen, aus dem die Musik

klang: die beschwingte Melodie einer *Ecossaise*. Beinahe hörte er Christiane verzückt seufzen, denn gerade diesen Tanz hatte sie geliebt. Doch Goethe war ohnehin nicht nach Tanzen zumute. Vielmehr fragte er sich, wie er in dieser Ansammlung von Fabelwesen Henri und Amalie ausmachen sollte.

Im Saal angekommen, zerschlugen sich seine Sorgen. Das Publikum war hier nicht so zahlreich wie auf den Gängen und im Vestibül. Ein Dutzend Figuren bewegte sich im Rhythmus der Musik, darunter ein Hirtenpaar und eine Nymphe, flankiert von einem Musketier. Ein Pilger in gesetzten Jahren, mit Holzstab und Bauchansatz unter der Kutte, führte eine Müllerin zum Tanze, als das Orchester eine Quadrille anspielte. Auf diese würde ein Wiener Walzer folgen, so wollte es das Tanzreglement, und der *Maître de Plaisir* mit seinem zeremoniellen Marschallstab achtete auf dessen Einhaltung.

Goethe wusste nicht, ob es an der Maske lag oder ob ihn seine Vernunft auf die Spur gebracht hatte: Er hielt das Hirtenpaar für die Gesuchten. Und je länger er sie beobachtete, desto sicherer war er: Die Schäferin trug Amaliens Züge, die Anmut der Augen, die geradlinige Nase, das klassische Profil. Und der Junge war unverkennbar Henri, wenn sie beide auch ihr Äußeres durch Blüten und Blätter modifiziert hatten. Henri trug eine Perücke, die seine Haarfarbe in ein strohiges Blond verwandelt hatte. Sie schenkten ihre Blicke ausschließlich einander; der Rest des Raumes schien für sie nicht vorhanden. Sie hüpften und paradierten zu den Klängen des Orchesters und lächelten sich immerfort an.

Wie ein stolzer Vater sah Goethe auf dies wunderbare Paar, und er spürte auch Christianes Stolz in seinem Herzen. Zu gern hätte er das Gefühl noch ein wenig ausgekostet, da trat, ohne das Ende des Tanzes abzuwarten, ein Don Quichote mit Spitzbart, gegürtetem Degen und gebauschten Hosenbeinen auf das Paar zu. Augenblicklich war der Rhythmus verflogen, der Zauber gebrochen, auch die anderen Paare ließen ab vom Tanz und beobachteten das bizarre Schauspiel, das nun anhob. Nach einem kurzen Wortwechsel entbrannte ein handgreiflicher Streit zwischen Don Quichote und dem Hirten, zu sehen war alles, nur verstehen konnte Goethe nichts, der treibende Rhythmus der Quadrille, den das Orchester auch ohne Tänzer unbeirrt fortsetzte, untermalte die ernste Szene mit einem ironischen Kommentar. Wieder und wieder ließ der Zeremonienmeister die Spitze seines Stabes auf den Dielenboden krachen, als könnte die Musik den Skandal kaschieren.

Eine weitere männliche Gestalt mischte sich in das Gerangel: Es war der Weinhändler Liebau aus Erfurt, unverkennbar an Gesichtsfarbe und Bauchumfang. Natürlich verkörperte er Bacchus, den Gott der weltlichen Vergnügungen. Seine Miene jedoch war ganz und gar unvergnüglich. Vehement sprang er dem Hirten bei, den Don Quichote mit wüsten Anschuldigungen bedrohte.

Da löste sich Charon aus der Menge der Zuschauer und schob sich, schwarz und drohend, durch die erstarrten Tänzer. Selbst die Musiker hatten nun ihr Spiel eingestellt. Mit weit ausgreifenden Schritten trat der Fährmann in die Mitte der Vierergruppe und brachte den Streit zum abrupten Ende. Der Fährmann des Todes machte Eindruck und lähmte mit Entsetzen.

Goethe nutzte das Überraschungsmoment: «Folgen Sie mir!», zischte er durch die Maske. Und war selbst erstaunt, als das gesamte Quartett ohne Widerrede folgte. Doch wohin sollte er gehen? Wo wollte er diese Familien zu einer finalen Aussprache versammeln? Goethe eilte vorweg über den langen Gang, der den Saal mit einer Zimmerflucht verband. Überall wichen die Gäste zurück. Der Dichter sah verschlossene Türen und versuchte, eine zu öffnen. Er hatte Glück. Keine Menschen darin, nur kelchartige Gläser, turmhoch gestapelt, und Champagner in Flaschen für einen späteren Rausch der Ereignisse. Der Weinhändler konnte sich wie daheim fühlen ...

Der Raum war durch ein halbes Dutzend Lichter erhellt. In der Mitte stand ein Tisch, und um diesen herum – durch wundersame

Vorsehung arrangiert – sieben Stühle. Warum sieben? Sie waren doch zu fünft!

Mit stummer Geste bat er Henri, Amalie und die Väter, Platz zu nehmen. Als Goethe die leeren Stühle sah, erkannte er seinen Irrtum.

«Sind Ihre Gattinnen ebenfalls im Haus?»

Monsieur Liebau und der Freiherr von Schwaikhofen nickten.

«So schicken Sie nach ihnen!»

Die beiden Herren sahen sich an und erhoben sich folgsam von ihren Plätzen. Binnen weniger Minuten hatten sie ihre Gattinnen herbeigeholt.

Als sich alle gesetzt hatten und auch die Flammen der Lichter nicht mehr flackerten, als eine vollkommene und beinahe gespenstische Ruhe hergestellt war und neben dem Ritter von der traurigen Gestalt und dem Gott der sinnlichen Gelüste auch eine Weinwirtin mit Henkelkrug an der Hüfte sowie eine Quellnymphe im Raum versammelt waren, da legte Goethe die Maske vor sich auf den Tisch.

Den Freund erkennend, eilte Henri dem Geheimrat entgegen, um ihn zu umarmen. «Der Himmel schickt Sie!»

«Wohl eher die Hölle», bemerkte Don Quichote, während Bacchus ob der eindrucksvollen Maskerade noch immer große Augen machte. Ebenso seine Frau, die Weinwirtin. Don Quichotes traurige Miene wurde noch trauriger, der Ziegenbart zitterte beleidigt, einzig das Gesicht der Quellnymphe, hinter deren blauseidenen Schleiern sich Amaliens Mutter verbarg, überflog ein freudiger Ausdruck.

Als Henri sich wieder setzte, hob der Geheimrat an. «Die Maske des Todes habe ich abgelegt, um in dieser Runde das Gesicht der Vernunft zu zeigen. Denn im Zeichen der Vernunft wollen wir Gericht halten über das Schicksal dieser jungen Leute», er neigte sich ihnen zu, «Amalie und Henri, Ihre Kinder, die sich in Liebe fanden.» An die Eltern gerichtet, fuhr fort: «Als Fährmann Charon, dem Reisenden zwischen Leben und Tod, bitte ich die Anwesenden um ein stilles Nachdenken und alsdann um ein Urteil: den Tod aller Gefühle zu erzwingen und die Liebe zu verdammen, die so wunderlich und machtvoll keimt zwischen Monsieur Henri Liebau und Mademoiselle Amalie von Schwaikhofen. Oder aber – und dafür plädiere ich inständig – sie zu gestatten. Dies Paar hat sich über Standesgrenzen und Postmeilen hinweg aus freien Stücken entschlossen, einander anzugehören und das Leben zu teilen. Sie erbitten nichts weiter als Ihren elterlichen Segen, um auch fürderhin gehorsame Kinder sein zu können.»

Goethe machte eine Pause, und das Liebespaar fühlte sich ermutigt, einander und ihren Eltern die Liebe zu gestehen. Dabei fassten sie sich an den Händen und saßen so innig Aug in Aug, dass die Eltern, wenn nicht erbost, dann gerührt auf die Tischplatte starrten. Die Quellnymphe vergoss Tränen hinter ihrem Schleier.

«Dies Paar hat sich in freier Liebe und aufrichtiger Zuneigung gefunden», schloss Goethe feierlich, dann räusperte er sich. «Ich frage nun die Eltern des Bräutigams: Gestehen Sie Ihrem Sohn Henri das Recht zu, frei zu entscheiden, welcher Frau er sich schenkt, um mit ihr den Rest des Lebens als treu liebender Gatte zu verbringen? Oder verlangen Sie weiterhin, dass er eine Ehe eingeht, die seine Familie zwar als nützlich betrachtet, die aber ganz gegen seine Gefühle und seine aus eigener Kraft gefällte Entscheidung steht?»

Mit tiefem Bass ergriff Bacchus das Wort. «Mein Vermögen ist das Fundament, auf dem mein Sohn sein Leben – und das seiner Gattin – errichten wird. Ich habe das Recht zu entscheiden. Und ich sage nein zu dieser Verbindung.»

Ohne seine Miene die starke Gemütsregung verraten zu lassen, wandte sich Goethe an dessen Gattin, die Wirtin mit dem Schenkkrug: «Madame Liebau? Wollen Sie, dass Henri seinen Gefühlen folgt oder dem erklärten Willen seines Vaters?»

«Was haben Weiber bei dieser Entscheidung zu reden?», blaffte Don Quichote mittendrein, doch Goethe brachte ihn mit entschiedener Geste zum Schweigen.

Die Weinwirtin sah von Henri zu Amalie, dann richtete sie scheu den Blick auf ihren Mann. Der wuchtige Kopf mit deutlicher Rötung und einer Krone aus Weinblättern nickte ihr zu, die Augenbrauen waren über der Nasenwurzel zu einem dunklen Wulst vereint. Er wirkte wie eine Karikatur auf einen Satyr. Nur die Hörner fehlten.

Madame Liebau seufzte. «Ich beuge mich dem Ratschluss meines Mannes.»

«Mutter!», beschwor Henri sie. «Du schenktest mir das Leben! Wie kannst du mich nun in den Tod schicken?»

«Henri, mach keine Dummheiten!», mahnte der Vater.

Die Mutter brach in Tränen aus. «Warum, Henri, willst du dich umbringen?»

«Ihr seid es, die mich umbringen! Ihr verurteilt mich zu einem Leben ohne Liebe! Das ist der Tod – ohne dass jemand Hand anlegen muss. Der Tod des Gefühls, das Leben in Dunkelheit.»

«Papperlapapp!», sprach da der Ritter von der traurigen Gestalt. «Das Leben hält nicht nur eine Liebe bereit. Sie, Exzellenz», und damit wandte er sich an Goethe, «sind doch das beste Beispiel.»

«Es geht hier nicht um mein Leben», lenkte Goethe das Gespräch zurück, «sondern um das Ihrer Tochter.» Damit wandte er sich Amaliens Eltern zu. «Euer Wohlgeboren, Freifrau von Schwaikhofen und allergnädigster Gatte. Willigen Sie in eine Verbindung Amaliens mit Monsieur Henri Liebau ein?»

«Niemals», sprach Don Quichote. Sein Kinnbart zitterte vor Empörung. Und die Gräfin ergänzte: «Sie ist doch schon versprochen ...»

«So sind Sie also gegen diese Verbindung? Auch auf die Gefahr hin, die Zuneigung Ihrer Tochter auf immer zu verlieren?»

Die Mutter schluchzte auf, hinter ihrem Schleier keines Wortes fähig. Doch der Vater war unbeirrt. «Die Zuneigung einer Tochter beweist sich im Gehorsam gegenüber ihren Eltern. Wenn wir den verloren haben, ist der Rest nichts mehr wert.»

Das Hirtenmädchen sprang auf. «Vater!»

Auch der Freiherr sprang auf die Füße, sein Stuhl kippte hintüber. «Amalie! Sei doch vernünftig!»

«Ich kann nicht das Leben an der Seite eines Mannes verbringen, den ich nicht liebe. Wie soll ich mich einem Fremden öffnen, das Bett mit ihm teilen, Kinder gebären – ohne Liebe?»

«Anderen Frauen gelingt das anstandslos», sagte der Weinhändler lakonisch. Und der Ritter von der traurigen Gestalt pflichtete ihm bei: «Indem sie sich ihrem Schicksal und ihrer Aufgabe im Leben fügen.»

«Nicht in meinem Leben», entgegnete Amalie. Sie wandte sich an Goethe. «Exzellenz, Sie leben Ihre Liebe entgegen aller Rücksichtnahme und gleichgültig gegen das Geschwätz der Menschen. Hat es Ihnen Glück beschert?»

Goethe schwieg einen Moment zu lange. Er wollte sagen: das größte Glück, das dieses Leben bereithalten kann. Und die größte Tragik.

Doch da hatte Henri bereits Amaliens Hand ergriffen, sie vom Stuhl und auf den Gang hinausgezogen. Der Ritter von der traurigen Gestalt durchschaute den Plan und sprang auf. Seine Hand fuhr zum Florett und zog es aus dem Gehänge. Doch wie es sich für ein Kostümrequisit gehörte, saß auf der Glocke nur der stumpfe Ansatz einer Klinge. Kraftlos schob er die Waffe wieder an die Hüfte und ließ sich auf den Stuhl fallen.

Der Weinhändler – zu kurzatmig, um die Verfolgung aufzunehmen – war gleich sitzen geblieben. «Die werden nicht weit kommen», redete er sich ein.

«Bis zum Fluss ist es nicht weit», bemerkte der düstere Fährmann.

«Sie meinen, sie werden es erneut versuchen?», fragte die Freifrau von Schwaikhofen unter Tränen.

Streng sah Goethe in die Runde. «Vier Stimmen gegen das Glück Eurer Kinder, Euer eigen Fleisch und Blut?»

Betroffen starrten die Eltern in die Runde, ohne sich anzusehen.

Da setzte Goethe seine Maske wieder auf. «Ein vierstimmiges Todesurteil», donnerte Charon. Und da die Richter schweigen, verließ der Maskierte den Raum.

Goethe rannte den Uferweg hinauf. Die Stelle am Fluss, da die jungen Leute sich das erste Mal zu entleiben versucht hatten, war ganz in der Nähe der Festsäle am Tepla-Knie. Und natürlich war es des Dichters erster Gedanke, dorthin zurückzukehren. Es musste auch der erste Gedanke der Liebenden sein!

Der Fluss war vom Regen des Frühjahrs noch angeschwollen. Doch die Sonne hatte an diesem späten Junitag geschienen und der Waldboden die Hitze gespeichert. Goethe riss sich die schwarzen Fetzen vom Leib, um freier atmen zu können.

Bald erreichte er den Flussabschnitt, wo er Henri und Amalien bei jener ersten Begegnung im April aus dem Wasser gezogen hatte. Schwer keuchend verharrte Goethe auf dem Weg. Stützte sich gegen einen Felsen. Schon sah er Sterne und fürchtete zusammenzubrechen. Die Kehle wurde ihm eng, die Brust schmerzte. Sollte er hier sterben, am Ort seiner Heldentat? Endlich zog er auch die Maske vom Kopf und schnappte nach Luft. Da ging es besser.

Goethe ließ den Blick schweifen: Niemand war zu sehen. War das ein gutes Zeichen? Verriet allein die Tatsache, dass kein Leichnam zu sehen war, die Liebenden hätten sich nichts angetan? Waren ihre Körper womöglich bereits abgetrieben? Oder suchten sie an einer anderen Stelle den Tod, flussaufwärts?

Goethe stieß sich vom Felsen ab und wankte so weit die Tepla hinauf, dass er auch die folgende Wegstrecke mitsamt Flussabschnitt einsehen konnte. Er lauschte auf das unschuldige Murmeln des Wassers. Was tat er hier?, fragte er sich plötzlich. Wenn Henri und Amalie sich das Leben nehmen wollten, konnten sie es überall tun. Er versuchte zu erspüren, was die jungen Leute vorhatten. Doch er konnte es einfach nicht erahnen. Alles konnte passieren.

Als er schließlich erschöpft bei den *Drei Mohren* eintraf, erwarteten sie ihn bereits. Der Kutscher, der diesmal statt des Sekretärs die benachbarte Kammer bewohnte, hatte sie eingelassen.

«Exzellenz, wir benötigen Ihre *Diligence*», bat Henri.

Goethe, noch außer Atem, machte eine beschwichtigende Geste. Er setzte sich in seinen Lehnstuhl am Fenster und wies die jungen Leute an, sich ebenfalls mit Sitzgelegenheiten zu versorgen und sich um ihn zu versammeln. Dann beugte er sich vor: «Sagt mir erst einmal: Was soll geschehen?»

Henri und Amalie sahen sich kurz an. Dann ergriff Henri das Wort: «Zunächst versprechen Sie uns, dass Sie uns nicht verraten werden!»

Goethe lehnte sich im Sessel zurück und breitete die Arme aus. «Ich habe Euer Leben gerettet. Warum sollte ich es jetzt zerstören?»

Erneut wechselten sie Blicke. Amalie erteilte Henri mit einem Kopfnicken die Erlaubnis zu sprechen. Also begann er: «Amalie und ich», und wieder warfen sie sich einen Blick zu, der Goethe ins Herz traf, «wir haben beschlossen zu fliehen.»

Er betrachtete sie. «Ihr brecht euren Familien das Herz.»

«Unsere Familien brechen unsere Herzen», antwortete Amalie empört.

Goethe nickte kurz, schwieg und ließ sich von den beiden beim Nachdenken betrachten.

«Sie taten es in guter Absicht», sagte er schließlich. «Nicht, um euch zu strafen.»

Weniger als halbherzig vertrat Goethe diese Position. Es musste ohne Wirkung bleiben.

«Auch wir fliehen in guter Absicht», entgegnete Henri. «Allein um unsere Liebe zu retten. Mein Leben wäre wertlos ohne sie.»

Goethe verzog die Miene, als bereite ihm dieser Satz Kopfschmerz. Er hob die Hand. «Damit wollen wir gar nicht wieder anfangen.»

Amalie stand auf und trat an Goethe heran. «Überlassen Sie uns Ihre *Diligence*, Exzellenz! Nur bis vor die Tore. Auf diese Weise können wir unsere Abreise und unser Ziel verschleiern. Wenn wir Pferde ausliehen, uns der ordinären Post anvertrauten oder die Extrapost bestiegen – immer müssten wir unser Ziel und Begehren offenlegen. Sie, Exzellenz, fragt niemand, wenn Sie zur Ausfahrt rüsten und einen Ausflug nach Elbogen unternehmen.»

Amüsiert sah Goethe von einem zur anderen. «Ihr habt euch das alles schon sehr fein ausgedacht.»

Das Paar lächelte erleichtert. «In unseren Köpfen war der Plan längst fertig.»

«Wie in meinen Geschichten.»

«Wir wollen unser Leben auf eigene Faust schreiben, Exzellenz!», bat Amalie. «Entlassen Sie uns aus Ihrer Fiktion!»

Ihr Mut rührte Goethe. «Wohin wollt ihr fliehen?»

Wieder dieser kurze Austausch von Blicken. Als wollten sie sich ihrer Kraft versichern.

«Nach Frankreich», kam es wie aus einem Munde.

Goethe schüttelte entgeistert den Kopf.

«Ich habe Familie dort», sagte Henri. «Ein Lieblingsonkel, er wird mich nicht verstoßen.»

«Und ich beherrsche das Französische seit Kindertagen», ergänzte Amalie. «Ich werde meinem erwählten Gatten folgen, wo immer er hingeht.» Sie drückte Goethes Hände. «Bitte. Exzellenz. Von nun an: unsere Geschichte.»

«Meine Kutsche.» Goethe seufzte. «Wenn eure Familien davon erfahren, werden sie mir die Hölle heißmachen.»

«Euer Ruf, Exzellenz, ist ohnehin nicht mehr zu retten», lachte Henri.

Goethe musste ebenfalls schmunzeln. «Das ist wohl wahr.»

«Es tut uns furchtbar leid», bat Amalie liebreizend um Verzeihung. Dann sagte sie: «Wenn wir uns umgebracht hätten, wäre die Hölle heißer geworden. Für uns alle.»

Endlich konnte auch Goethe lachen. In diesem Moment litt er nicht mehr unter Christianes Tod. Ihre kraftvolle, bedingungslose Liebe lebte weiter durch die Liebe dieses Paares, der er ins Leben geholfen hatte.

«Nun gut. Fahren wir nach Elbogen. Ich lasse anspannen.»

Amalie schnellte hoch; und noch bevor Goethe sich davor in Sicherheit bringen konnte, hatte sie ihm einen Kuss auf die Wange gedrückt.

Da man schlechterdings nicht nach Einbruch der Dunkelheit aufbrechen konnte, mussten sie bis zum nächsten Morgen warten. Dies erforderte Vorsichtsmaßnahmen, damit niemand die «blinden Passagiere» beobachten und vermelden konnte. Goethe versah das junge Paar mit Utensilien: Rasierzeug, Decken, einer Tasche.

Madame Luzia befahl er, einen überreichen Picknickkorb zu packen. Er gedenke, nach Elbogen auszufahren. Die Wirtin zog die Augenbrauen hoch ob der Vielzahl seiner Wünsche. Vermutlich witterte sie den Vorwand.

Der Kutscher war eingeweiht. Goethe hatte alles mit ihm besprochen. Im Morgengrauen verließen Amalie und Henri die *Drei Mohren* über den Ausgang zum Garten. Wegen des steilen Geländes konnte die Kutsche dort nicht halten. Der Karlsbader Taleinschnitt war eng, die Hänge schroff. Schon der Markt im Mittelpunkt der Stadt besaß erhebliches Gefälle. Doch hinter Madame Luzias Garten führte ein steiler Pfad auf die Höhe, wo Goethe die jungen Leute erwartete. Alles sah nach einer frühen Wanderung aus: drei Ausflügler, die ersten Strahlen der Sonne nutzend. Die Gruppe kletterte hanganwärts. Alle trugen leichte, bequeme Kleidung, keine Mäntel. Dazu den Picknickkorb. Der Geheimrat zog sich an den Zweigen der Büsche hinauf, so schwierig war das Gelände. Oben erwartete sie der Kutscher, der die Pferde über die gepflasterten Serpentinen auf die Höhe geführt hatte. Das umfangreiche Gepäck hatte er bereits des Nachts im Schutz der Remise verladen. Der Kutscher bestätigte, dass er – gemäß Goethes Anweisung – das Schuppengeld hinterlassen hatte. Und Goethe war's zufrieden.

Durch den dichten Hangbewuchs mit Büschen und hohen Bäumen waren sie vor Blicken aus der Stadt geschützt. Ein Stadttor gab es hier oben nicht, nur zwei Säulen mit Wachthäuschen rechts und links der neuen Straße nach Prag. Deren Besatzung konnte durch ein geringes Handgeld dazu gebracht werden, im geeigneten Moment in eine andere Richtung zu schauen. So verließen die Reisenden das Karlsbad unbemerkt.

Außer Sichtweite der Wachthäuschen ließ Goethe anhalten. Er erhob sich, um das Paar zu verlassen.

«Begleiten Sie uns nicht nach Elbogen?», fragte Amalie erschrocken.

Goethe schüttelte den Kopf. «Ein Halt ist dort nicht vorgesehen.»

«Warum nicht?», fragte Henri.

«Mein Kutscher ist angewiesen, euch so rasch wie möglich an euer Ziel zu bringen. Und dann nach Weimar zurückzukehren.»

«Nach Frankreich?»

«Nach Frankreich», bestätigte Goethe. «Ich habe dem Kutscher einen Schutzbrief auf den Namen der französischen Regierung ausgestellt, eine *Sauvegarde*, die euch sicher geleiten wird. Ich bin Träger des Ordens der Ehrenlegion, mein Name zählt etwas dort. Eine Reisekasse befindet sich in der Obhut des Kutschers. Der Inhalt des Picknickkorbes ist zwar reichlich, doch angesichts der Dauer der Reise wird er nicht vorhalten.»

Das junge Paar fiel sich in die Arme. Dann umarmte Henri auch Goethe.

«Warum tut Ihr das, Exzellenz?», fragte der junge Mann fassungslos.

«Christiane hätte es so gewünscht.»

Henri senkte den Kopf.

«Lebt eure Liebe, und ihr habt meinem Christelkind Andenken Ehre getan!», bat Goethe.

Die jungen Leute dankten von Herzen, dann zog der Dichter den breitkrempigen Hut aufs Haupt und sprang in den Straßenstaub.

«Bonne chance!», wünschte er und warf den Schlag ins Schloss.

Epilog

Zur Erntezeit erreichte den Geheimrat von Goethe ein Billett seiner Weimarer Weinhandlung mit dem Hinweis, die Lieferung sei eingetroffen. Goethe konnte sich nicht entsinnen, etwas bestellt zu haben, und begab sich schnurstracks zum Händler.

Der führte ihn auf den Hof und zeigte dem Geheimrat das Fass eines Weingutes aus der Gegend von Nîmes. Weiter nichts. Keine Nachricht, keine Erklärung.

«Sind Sie sicher, dass es für mich ist?», fragte Goethe.

«Ganz sicher», sagte der Weinhändler, legte Hand an und rollte das Fass aus der Ecke des Hofes. «*Zu den ehrenwerten Händen Seiner Exzellenz, des Staatsministers von Goethe*, so steht's auf dem Lieferschein. Soll ich es verladen?»

Da es nun frei stand, ging Goethe gemessenen Schrittes um das Fass herum. Am oberen Rand entdeckte er ein Brandzeichen, das die Kelterei mit dem Wappen einer Palme und dem Schriftzug *Le Lieu Beau* angab. Er trat näher, kniete nieder und entdeckte ein sorgfältig ins Holz geritztes Zeichen. Und als er mit dem Finger über den Staub strich, entblößte er die Initialen A & H.

Da lachte der Geheimrat auf, sein Herz füllte sich mit Glück. Und in Richtung des Weinhändlers rief er aus: «Verladen Sie, mein Freund, verladen Sie. Es ist alles in Ordnung. In bester Ordnung.»

Nachwort

Elisa Carolina Dünckel wurde am 16. Dezember 1816 als Kind der Florentina Dürfeld und des Garderobiers Johann Jonas Dünckel in Weimar geboren. An ebenjenem Tag schickte Goethes Verleger Johann Friedrich Cotta 3000 Taler nach Leipzig an das Wechselhaus *Frege & Compagnie*. Frege wickelte häufig Finanzgeschäfte in Goethes Auftrag ab. Bis heute kennt niemand den genauen Verwendungszweck jener gewaltigen Summe, die Goethes Jahresgehalt als Staatsminister entsprach. Doch weist vieles darauf hin, dass sie der Versorgung der Neugeborenen Carolina dienen sollte.

Dokumentiert ist die Zahlung allein in Goethes Tagebuch. Im Briefregister, das 55 Schreiben an Frege verzeichnet, findet sie sich nicht. Allerdings befindet sich die Überweisungsbestätigung im Weimarer Goethe- und Schiller-Archiv. Sie ist auf den 24. Dezember 1816 datiert, zwei Tage nach der Taufe Carolinas, und versehen mit dem Vermerk «überweisen wir Ihnen anbei unter einer besonderen Adresse die gewünschten Rt 3000 in zwei Füßen für Rechnung des Herrn Doctor Cotta».

Die *besondere Adresse* ist ein möglicher Hinweis auf die vorgesehene Verwendung: Goethes Beitrag zur Versorgung seines unehelichen Kindes. Und, Zufall oder nicht, es ist exakt dieselbe Summe, die Goethe später testamentarisch als Aussteuer für seine Enkelin Alma vorsieht.

Carolina Dünckel wurde in der Sakristei der Hofkirche in Weimar von Oberkonsistorialrat Günther getauft. Derselbe Geistliche hatte zehn Jahre zuvor die in aller Eile arrangierte Trauung von Christiane Vulpius und Johann Wolfgang Goethe in kleinstem Kreise durchgeführt. Ein weiteres Indiz dafür, dass dieses besondere Kind von höherer Abstammung war, als es der Taufschein suggerierte, denn Kinder fragwürdiger Herkunft wurden für gewöhnlich nicht von einem Geistlichen hohen Ranges getauft.

Diese Art heimlicher Versorgung als «Kuckuckskinder» war typisch für uneheliche Kinder vor allem adliger Herkunft. Illegitime Nachkommen von Goethes Mäzen, Dienstherr und Freund, Großherzog Carl August von Sachsen-Weimar-Eisenach, wurden ganz ähnlich untergebracht. Im Laufe des 19. Jahrhunderts verbreitete sich diese Praxis bis weit ins Bürgertum hinein. Und auch in Goethes Biographie findet sich solch ein heimlich versorgendes Vorgehen nicht zum ersten Mal. Viele Jahre vor der hier ausgeführten Episode, unmittelbar vor seiner Abreise aus Rom, wurden 1788 unter einem Inkognito 400 Scudi auf ein römisches Sonderkonto überwiesen. Dieser Betrag, umgerechnet weit über 500 Taler, kann erst nach Goethes Abreise abgehoben worden sein. Sicherlich war er für seine römische Geliebte Faustina Antonini gedacht, eine Art Dankesgeschenk zum Abschied – und zu ihrer Versorgung.

Spätestens seit dem Buch *Das Inkognito. Goethes andere Existenz in Rom* des italienischen Germanisten Roberto Zapperi wissen wir: Goethe führte ein Leben hinter und neben dem, was für alle öffentlich in seinen Tagebüchern dokumentiert war. Die Tagebücher, dessen war sich der bereits zu Lebzeiten weltbekannte Autor sicher, würden nach seinem Tode publiziert werden. Zu diesem Zwecke sind sie angefertigt. Sie dienten dem *Imagebuilding*, Goethe wollte die Wirkung seiner Person weit über den Tod hinaus sichern. Manche Informationen chiffrierte er, damit nur ihm und Eingeweihten die Wahrheit hinter der falschen Information sichtbar würde. Dennoch dokumentierte er Tag für Tag. Man kann bei der Lektüre bisweilen den Eindruck gewinnen, die Akribie diene eher dazu, mit Sorgfalt zu verbergen, als für die Nachwelt zu bewahren. Goethe ist ein Meister der doppelten Existenz: der öffentlichen und der privaten.

Auch seine Liebesbeziehung mit Christiane Vulpius hielt der Dichter zunächst geheim, bis sie im Frühjahr 1792 gemeinsam das Haus am Frauenplan bezogen. Zu diesem Zeitpunkt ist die «Affäre» bereits drei Jahre alt und ein offenes Geheimnis. Sie zieht aber immer noch endlosen Tratsch auf sich, weil sie nicht nur gegen die biedermeierliche Moral, sondern auch gegen die Gesetze des Herzogtums verstößt. Gesetze, für die Goethe als Mitglied des *Geheimen Conseils*, dem herzoglichen Kabinett, mit verantwortlich ist. Vor dem Umzug wohnte Christiane mit ihm im «Jägerhaus» an der Ilm, vor den Toren der Stadt. Indem Goethe zur Stadt hineinging, begann seine zweite, öffentliche Existenz als einer der höchsten Administratoren des Herzogtums. Am Frauenplan wird die Mesalliance mit der *Vulpia*, wie Christiane in deutlicher Anspielung auf das weibliche Geschlechtsorgan despektierlich genannt wurde, legitimiert. Christiane wohnte nunmehr nur noch drei Gehminuten von Charlotte von Stein entfernt, Goethes großer *platonischer* Liebe der frühen Weimarer Jahre. Diese reagierte empört und gab damit den Ton vor, der Christianes Zukunft in Weimar begleiten sollte. Bis zu ihrem Tode blieb Frau Geheimrat von Goethes Status im offiziellen Weimar trotz Ehe mit dem Staatsminister höchst umstritten. Ihr gemeinsamer Sohn August wurde von der weimarischen Gesellschaft durchaus abwertend als ein «Kind der Liebe» bezeichnet. Die echte und wahre Liebe war aus höfischer Sicht nicht geeignet, eine standesgemäße Ehe zu begründen. Goethe freilich kokettiert mit der *Unheiligkeit* seiner Ehe. Am 18. April schreibt er an seinen Fürsten Carl August: «[Der Maler und Kunstwissenschaftler Johann Heinrich] Meyer ist fleißig, er hat meine kleine Familie (welches nicht eben eine heilige Familie ist) portraitiert.»

Seinen einzigen überlebenden, 1789 geborenen Sohn August lässt Goethe 1801 durch den Fürsten legitimieren. Dadurch wird jener hoffähig – im Gegensatz zur Mutter. Fortan nimmt August bei Maskenumzügen und anderen Hofvergnügungen teil, er wird zum Spielkameraden der Prinzen und Prinzessinnen. Einen auch nur ähnlichen Status erlangt Christiane niemals – auch nicht, nachdem sie mit Goethe verheiratet ist und den offiziellen Titel *Geheimrätin Frau von Goethe* trägt.

Goethe war es also, allein aus Gründen des guten Leumunds, den er als Staatsdiener bewahren musste, vertraut, den privaten Lebensbereich sorgfältig vom öffentlichen zu trennen. In seinem Werk allerdings gibt es – auch und vor allem in der Lyrik – zahlreiche Bezüge und Verweise auf sein Privat- und Liebesleben. Wobei der Dichter selbst oft genug einschränkte, dass es sich – wie eben auch im *Werther* – nie um unbearbeitete Realität, sondern stets um erzählerische Zuspitzung handelte: «Meine Idee von den Frauen ist nicht von den Erscheinungen der Wirklichkeit abstrahiert, sondern sie ist mir angeboren oder in mir entstanden, Gott weiß wie. Meine dargestellten Frauencharaktere sind daher auch alle gut weggekommen, sie sind alle besser, als sie in der Wirklichkeit anzutreffen sind», schreibt er im Jahr 1828.

Trotz dieses Hinweises auf künstlerische Verfremdung haben sich interessierte Köpfe in Goethes Werk auf die Suche nach Hinweisen auf eine uneheliche Tochter mit dem Namen Carolina oder auf deren Mutter Florentina gemacht. Und siehe da, sie finden sich: Im Dezember 1824 schreibt Goethe ein geheimnisvolles Gedicht mit dem Titel *Der Bräutigam* über eine verstorbene Geliebte: *Um Mitternacht der Sterne Glanz geleitet / Im holden Traum zur Schwelle, wo sie ruht. / O sei auch mir dort auszuruhn bereitet, / Wie es auch sei das Leben, es ist gut.*

Die germanistische Forschung hat sich vergeblich bemüht, die Braut zu identifizieren, die hier vermisst wird. Natürlich, es könnte die Summe aller Lieben seines Lebens sein, keine konkrete Gestalt, eine fiktive Überhöhung, eine Geburt seines Geistes. Möglich ist aber durchaus, dass dieses Gedicht nicht von ungefähr um den Todestag Florentina Dürfelds herum entstanden ist. Und auch wenigstens ein Gedicht an die lebende Geliebte Florentina scheint es in Goethes Werk zu geben: *Frühling übers Jahr*. Dieses trägt in der Reinschrift das Datum 15. März 1816, was dem Tag der mutmaßlichen, folgenschweren Begegnung von Goethe und Florentina in einem Garten im Badeort Berka entsprechen könnte.

Das Liebesgedicht beginnt mit rührenden Versen über das Frühlingserwachen eines Blütenmeers. Eine Anspielung auf Florentinas Namen? Und dann folgt der direkte Hinweis am Ende: *Wenn Ros' und Lilie / Der Sommer bringt, / Er doch vergebens / Mit Liebchen ringt.*

Dieses «Liebchen» ist durch die Forschung nicht eindeutig identifiziert. Ein melancholischer Ton begleitet das Gedicht, der Ton eines «vergeblichen Ringens», einer gescheiterten Liebe? Die leidenschaftliche, doch platonisch gebliebene Liebe mit Marianne Willemer ist im März 1816 ein halbes Jahr vorüber, transformiert in einen sporadischen Schriftverkehr. Auch ist der Ton der Hatem und Suleika-Dialoge aus dem *West-östlichen Diwan*, zumindest in Teilen ein fiktiver Dialog zwischen Marianne Willemer und Goethe, ein anderer: gar nicht melancholisch, rückblickend, sondern von aktiver Liebe geprägt.

Christiane, seine angetraute Ehefrau, scheint nach dem fatalen Jahr 1815 auf dem Weg der Besserung. Vom neuerlichen Schlaganfall Ende Mai/Anfang Juni 1816 ahnt im März noch niemand etwas. Eine andere Liebe Goethes zu jener Zeit ist nicht bekannt, es könnte sich also bei dem fraglichen *Liebchen* durchaus um Florentina Dünckel, geborene Dürfeld, handeln.

Die Indizien sind spärlich – stichhaltig zwar, aber nicht eindeutig. Sie sollen hier keinesfalls dazu dienen, Johann Wolfgang von Goethe einer lockeren Moral oder des verwerflichen Liebeslebens zu bezichtigen. Dies ist nicht der Ort, das Lied vom Don Juan im Dichtergewand zu singen. Vielmehr ist in Goethes Bemühen, die Frauen an seinem Wegesrand zu versorgen – sei es Faustina, sei es Florentina –, Verantwortungsbewusstsein zu spüren. Aus dieser Haltung spricht höfisches Verhalten, *Höflichkeit* im besten Sinne, nach dem Beispiel seines Herrschers. Ein weiterer Beweis dafür, dass Goethe weder der bürgerlichen Sphäre, die sich in Weimar täglich das Maul zerreißt angesichts seiner häuslichen Unordnung, noch der feudalen Sphäre wirklich zuzurechnen ist. Er schwankt in seinem Verhalten zwischen beiden, ist aber nirgends zugehörig. Auch nicht der bürgerlichen Moral, weshalb es schwierig, ja unmöglich ist, ihn aus dem Abstand von zweihundert Jahren nach diesen Kategorien zu bewerten.

Vom Zeitpunkt seiner Heirat mit Christiane an ist Goethe beinahe ständig auf Reisen, statistische Auswertungen finden ihn sechs von zwölf Monaten abseits des Hauses am Frauenplan. In den seltensten Fällen begleitet Christiane ihn. Über die Möglichkeit von Abenteuern und Seitensprüngen beider, den in ihrer herzerfrischenden Korrespondenz so genannten *Äugelchen*, tauscht sich das Ehepaar regelmäßig und mit größter Offenheit aus. Freimütig und selbstverständlich gesteht Goethe auch Christiane das Recht zu flirten zu. Wenn sie, die Tanzwütige, ohne ihn Bälle oder Maskeraden besucht, ermahnt er sie väterlich, es nicht allzu wild zu treiben. Wo ihrer beider Grenzen von *Wildheit* lagen, darüber schweigt ihre Korrespondenz. Die Liebenden werden sie gekannt haben. Goethe findet in der Auslegung seiner Ehe auch Christiane gegenüber zu einer Großzügigkeit, die der Fürst seinen Mätressen niemals zugestanden hätte. In diesem Niemandsland zwischen höfischem Reglement und bürgerlicher Moral gelingt es dem Dichter, etwas auszuloten und abzutasten, das prägend für die Zukunft der bürgerlichen Gesellschaft sein soll: Goethe ist auf der Suche nach einem neuen Liebeskonzept, einer neuen Art des Zusammenlebens von Mann und Frau.

Seine Leistung ist keine moralische. Ihm gebührt meines Erachtens aber sehr wohl das Verdienst, einen Weg aufgezeigt zu haben, wie Männer und Frauen echten Zugang zur Seele des Gegenübers erlangen, Verständnis für die Gefühlswelten des anderen Geschlechts erringen und damit eine bis dato unbekannte Ebene innerhalb ihrer Beziehung erreichen können. Die Kunstfigur des *Werther* beschreibt einen Mann, der Zugang zur weiblichen Lebens- und Gefühlswelt hat. Eine Schlüsselszene zeigt ihn im Spiel mit Lottes jüngeren Geschwistern. Er ist zugegen im Nähzimmer, begleitet die Frauen ganz selbstverständlich bei der Handarbeit. Goethe hatte in seiner Schwester Cornelia von Kindesbeinen an ein weibliches Gegenüber, dessen Seelenleben ihn interessierte und faszinierte. Er kennt die weibliche Denkart, weiß um deren Gefühle und Talente. Das allemal Geniale und Neuartige am *Werther* ist die Begegnung männlicher und weiblicher Gefühlswelten in der Titelfigur. Der Werther verliebt sich in Lotte und ist *gleichzeitig* mit Albert befreundet. Das ist Teil seines Dilemmas. Und es ist ein Schritt auf dem Weg zur Gleichberechtigung von Mann und Frau, der nicht zufällig im *Zeitalter der Empfindsamkeit* erfolgen musste. Goethe war prädestiniert, diesen Weg zu gehen, und der Erfolg des *Werther* gab ihm recht: Die Leserinnen in ganz Europa verliebten sich in diesen Liebenden, dessen Gefühlswelt wie die keines anderen Mannes jener Zeit vor ihnen ausgebreitet wurde. Es war sein eigenes Innen- und Gefühlsleben, das Goethe offenbarte, und die Leserinnen begriffen das Unerhörte dieses Vorgangs.

Womöglich ist dies der Schlüssel zum Verständnis von Goethes Liebesleben: Er war stets bereit, sich vollends, mit Leib und Seele, den Damen zu öffnen, ihnen Einblicke in seine Gefühle zu gewähren, die unüblich und für gewöhnlich nicht gewollt waren. Ihm als Künstler jedoch, die Öffnung im Werk gewohnt, fiel auch die Öffnung im Privatleben nicht schwer. Damit war er in der Lage, besondere seelische Nähe herzustellen, eine gewiss seltene Erfahrung in einer Zeit, da die Männer einander nach den Mahlzeiten im Rauchsalon einfanden, während die Frauen sich im Damensalon zu Handarbeiten trafen.

Indem Goethe den Frauen Einblicke in das Seelenleben eines Mannes gewährte, definierte und propagierte er den heute beinahe selbstverständlichen Rahmen des Zusammenlebens von Mann und Frau in der modernen, emanzipierten Gesellschaft: Offenheit und gegenseitiges Vertrauen sowie die Fähigkeit, Konflikte – auf welchem Gebiet auch immer – im gegenseitigen Gespräch und Ausmitteln zu lösen. Es ist die Grundlage für Beziehungen auf Augenhöhe. Goethe war ein Pionier auf diesem Gebiet.